천마 사냥꾼

운경 현대 판타지 장편소설

WISHBOOKS MODERN FANTASY STORY

천마사냥꾼 5

운경 현대 판타지 장편소설

초판 1쇄 찍은 날 | 2017년 11월 22일
초판 1쇄 펴낸 날 | 2017년 11월 29일

지은이 | 운경
펴낸이 | 예경원

기획 | 위시북스
편집책임 | 이규재
편집 | 이즈플러스

펴낸곳 | 예원북스
등록번호 | 제396-2012-000132호
등록일자 | 2012. 7. 25
KFN | 제1-181호

주소 | 경기도 고양시 일산동구 호수로 646-24 위너스21 II 빌딩 206A호 (우)10401
전화 | 031-819-9431 팩스 | 031-817-9432
E-mail | yewonbooks@naver.com

ISBN 979-11-6098-616-7 04810
　　　979-11-6098-441-5 (set)

천마사냥꾼

운경 현대 판타지 장편소설
WISHBOOKS MODERN FANTASY STORY

5

천마사냥꾼

CONTENTS

제15장
하수처리장 전투(2)

4

'온다!'

헨리에타는 자기도 모르게 양손에 힘을 주었다. 방아쇠 고리에 손가락을 넣어뒀다면 냅다 쏴버렸을 것이다.

'초보도 아니고. 정신 차려, 헨리에타.'

스스로를 타박하며 정면을 주시했다. 그녀의 망막에 멀찍이 피어오르는 먼지구름이 맺혔다.

놈들이 온다.

터렛밭 쪽에서의 폭발이 멈췄을 땐 살짝 걱정하기도 했었다. 혹여나 적시운이 당한 것은 아닐까 하는 생각에.

'그의 능력을 믿지 못하는 건 아니지만……'

매카시를 비롯한 특무요원들은 에메랄드 시타델의 대변자. 인구 30만의 도시에 개인이 전쟁을 건 셈이다. 걱정이 되지 않을 수 없었다.

하지만 저렇게 우르르 몰려오는 걸 보면 적시운의 계획대로 된 모양.

거리가 가까워지며 적시운의 모습 또한 포착됐다. 추격대와 적당한 거리를 벌린 채 이쪽을 향해 달려오는 중.

족히 수 ㎞ 떨어진 거리인데도 그의 입모양이 보이는 듯했다. 그것만으로는 무슨 말을 하는 건지 알 수 없을 테지만 헨리에타는 왠지 알 것 같았다.

"좋아. 이젠 내 차례야."

호흡을 가다듬은 그녀의 시선이 스코프로 향했다.

스나이퍼. 저격수가 빛을 발할 때였다.

"멍청한 새끼!"

타이터스는 신경질적인 조소를 터뜨렸다. 적시운이 달아나는 방향에 무엇이 있는지 잘 알기 때문이었다.

놈이 훌쩍 뛰어 넘어온 까닭에 가장 바깥쪽에 있는 1차 터렛 필드는 멀쩡했다. 그리고 놈은 그 방향으로 달려가는 중이었다.

"놈을 터렛 필드 쪽으로 몰아붙여! 결코 다른 쪽으로 방향을 틀게 해선 안 된다!"

두두두두!

최전방의 기간틱 아머들이 사격을 개시했다. 소이탄을 꽉꽉 채운 미니건들이 엄청난 양의 불꽃을 쏟아냈다. 기동 중의 사격인 만큼 정확도는 높지 않았지만, 적시운의 양옆을 압박하는 데엔 충분했다.

적시운은 옆길로 샐 엄두조차 내지 못하고 전방을 향해서만 내달렸다.

"그리고 그 앞엔 네놈의 최후가 기다리고 있지!"

신명 나게 소리치는 타이터스.

그때 옆에 있던 모데카이가 그의 어깨를 툭 쳤다.

"놈이 죽기라도 하면 어쩌려고? 놈의 숨통을 끊는 건 매카시 님의 몫이잖아?"

"터렛 사격 정도에 뒈질 놈은 아니다. 혼자서 2차 필드를 초토화시키는 모습을 너 역시 봤을 텐데?"

"그건…… 그렇지."

"터렛 필드만으로는 놈을 죽이지 못해. 어쨌든 이대로 밀어붙인다!"

이제 적시운과 터렛밭까지의 거리는 대략 500m.

무인 터렛의 유효 사거리는 대략 200m.

사정권 이내에 들어설 때부터 가동하는 만큼 조금 더 밀어붙일 필요가 있었다.

펑!

갑작스러운 폭음. 분명 타이어가 터져 나가는 소리였다.

순간 소총수들이 탄 트럭이 균형을 잃고 비틀거렸다. 좌우로 어지러이 흔들리던 트럭이 결국 돌 더미에 처박혔다.

"뭣⋯⋯?!"

흠칫 놀라는 타이터스와 요원들.

이윽고 그들이 탄 트럭의 앞바퀴 또한 거짓말처럼 터져 나갔다.

끼이이익!

삽시간에 팽그르르 회전하며 미끄러지는 트럭.

염동술사인 베넷이 가까스로 트럭을 멈춰 세웠다.

"설마 놈이?"

그럴 리는 없었다. 이능력 감지용 아티팩트가 약간의 신호조차 내지 않았던 것이다.

─우리도 멈춰 섭니까, 타이터스 요원?

기간틱 아머 리더의 통신.

타이터스는 목을 부여잡은 채로 소리쳤다.

"놈을 계속 추격해라! 어떻게든 터렛 필드로 밀어붙여! 우리도 곧 뒤따라가겠다!"

요원들은 트럭에서 내려섰다. 모데카이가 급히 타이어를 확인하고는 뿌득 이를 갈았다.

"스나이퍼다! 저격으로 타이어를 터뜨린 거야!"

"이 근처에 저격수가 있다고? 방향을 가늠할 수 있겠나?"

"좌우의 건물들은 저격에 적합하지 않아. 타이어를 맞힐 발사각이 나오지 않으니까."

"그렇다는 건……."

"논리적인 귀결은 하나뿐이다. 스나이퍼가 정면에 배치되어 있다는 것."

타이터스가 미간을 구겼다.

"그건 말도 안 되는 소리다. 정면에 있는 것은 다름 아닌 터렛 필드 아닌가! 그것도 우리 것인……!"

말을 끝맺지 못한 타이터스가 고개를 홱 돌렸다. 나머지 두 요원의 시선 또한 같은 방향으로 향했다.

적시운은 건물들의 틈새로 뛰어들어 가고 있었다. 다름 아닌 터렛들이 설치된 공간으로. 200m가 아니라 0m에 다다르도록 사격 한 번 없었다.

"이게…… 대체 무슨……?"

쿠구구구!

기간틱 아머들이 좁은 골목을 부수며 적시운을 쫓았다. 터렛밭 내부로 침투한 것이다.

"HQ! 1차 터렛 필드의 가동을 정지시켜 둔 건가?"

베넷이 다급한 어조로 통신을 시도했다.

그때 터렛들의 총신이 돌아가는 게 타이터스의 두 눈에 보였다. 그것도 내부를 향하여.

"설마······!"

드르르륵!

터렛들이 일제 사격을 개시했다. 아군의 기간틱 아머를 향하여.

카가가각!

각 기간틱 아머의 장갑 위로 벌 떼처럼 튀어 오르는 불꽃들. 5.56㎜ 탄환인지라 장갑을 뚫지는 못했지만, 시야를 가리고 몸체를 흔들기엔 충분했다.

"크윽!"

"대, 대체 뭐가 어떻게 된 거냐!"

기간틱 아머 라이더들이 당황하여 소리쳤다. 전후좌우에서 동시다발적으로 쏟아지는 탄환에 정신을 차리기 어려울 지경이었다. 그것이 자기편의 탄환이라는 점이 혼란을 가중시켰다.

적시운은 걸음을 멈췄다. 이능력자인 요원들은 헨리에타

의 저격으로 인해 후방에 남겨졌다. 이어서 미네르바를 원격 조작, 터렛으로 하여금 집중 사격을 가하게 했다.

결정타라고 할 정도는 아니다. 그래도 기간틱 아머 부대를 혼란에 빠뜨리는 데엔 충분했다.

'그리고……'

적시운은 빗발치는 탄환 사이로 걸어갔다.

수백 발의 탄환은 기간틱 아머에게만 집중된 상태.

이따금 튕겨 나오거나 오발된 탄환이 적시운에게로 향하기도 했지만 염동력 배리어로 쳐 내면 그만이었다.

콰광!

가랑비에 옷이 젖는 법.

관절부에 꽂힌 탄환들로 인해 기간틱 아머 한 기의 어깨에서 자그만 폭염이 일었다. 화망 바깥으로 흩어지는 게 정석. 그러나 워낙 공간이 비좁은지라 그마저도 쉽지 않았다.

쿵!

적시운은 진각을 크게 밟았다. 그리고 허공을 향하여 권격을 떨쳤다.

파앙!

허공을 꿰뚫고 날아가는 권기의 탄환.

격산타우의 묘리가 발현된 권격이 전방의 기간틱 아머를 후려쳤다.

천마신공을 구성하는 삼법삼공 중 하나. 권법인 천랑권의 제2식인 낭혼격권(狼魂擊拳)이었다.

천랑섬권이 투박한 망치라면 낭혼격권은 날카로운 송곳이었다.

수 m를 꿰뚫고 날아간 권기는 기간틱 아머의 몸체 또한 그대로 관통했다.

적시운은 정면에 있었기에 볼 수 있었다. 뻥 뚫린 구멍의 천정으로부터 흘러내리는 시커먼 기름을. 그리고 그 안쪽, 마찬가지로 정중앙을 관통당한 시체에서 쏟아지는 핏물을.

끼이이익.

바람구멍이 난 기간틱 아머가 천천히 좌측으로 기울었다. 여전히 터렛들이 쏘아낸 탄환이 빗발치는 가운데에서도 유독 정적인 광경이었다.

"크윽!"

"이 새끼!"

5.56㎜ 탄에 난타당하는 와중에도 기간틱 아머들은 적시운을 향해 쇄도했다.

뭐가 어떻게 돌아가는지는 몰라도 놈이 이 모든 상황을 만들었다는 것만은 분명한 사실. 결국 놈을 노리는 수밖에 없다는 결론이 도출됐다.

"죽엇!"

부아아앙!

기간틱 아머의 팔뚝에 달린 전기톱이 요란한 소리를 내며 회전했다. 배리어를 지닌 이능력자에겐 사격보다도 접근전이 효과적. 그것을 알고 있기에 근접전을 펼치려는 것이었다.

물론 그거야말로 적시운이 바라는 바였고.

팡!

적시운은 땅을 박차고 돌진했다. 칠성 공력의 시우보는 적시운의 신형을 하나의 탄환으로 바꾸어 놓았다.

'빠르다!'

기겁하면서도 팔을 휘두르는 기간틱 아머 라이더. 그러나 전기톱은 아무것도 없는 허공만 갈랐다. 적시운은 이미 아머의 겨드랑이 아래로 파고든 직후. 엄호 사격이라도 하려던 동료들이 주춤했다.

적시운은 훌쩍 뛰어 텀블링하듯 몸을 회전시켰다. 동시에 머리 위를 발끝으로 후려쳤다.

전기톱이 달린 기간틱 아머의 겨드랑이 관절. 다른 곳보다 미묘하게 방어력이 낮은 위치였다.

콰직!

내공이 실린 일격에 관절이 미묘하게 비틀렸다. 비틀린 겨드랑이 사이로 스파크가 요란하게 튀었다.

적시운은 이어서 기간틱 아머의 몸체 위로 올라탔다. 그리고 조금 전에 발로 후려친 위치를 수도로 내리찍었다.

콰각!

마침내 기간틱 아머의 팔이 끊어져 나갔다.

"큭!"

"이 새끼!"

바로 옆의 아머가 주먹을 뻗었지만 역시나 허공만을 가를 뿐. 적시운은 이미 떨어진 아머의 팔 앞에 서 있었다.

목적은 처음부터 전기톱.

"예전부터 생각만 했던 거긴 한데."

적시운은 아머의 팔에서 전기톱을 뜯어내고는 스위치를 켰다.

부아아앙!

자체 전지가 장착되어 있는 듯, 몸체에서 분리되었음에도 전기톱이 맹렬히 회전했다.

[허!]

천마가 헛웃음 섞인 감탄사를 뱉었다.

[회전하는 톱날이라니. 후대인들은 재미있는 장난감을 여럿 만들었구면.]

'진짜 재미는 지금부터지.'

적시운은 전기톱에 천마검기를 투사했다. 회전하는 톱날 위로 흑색의 기운이 스멀스멀 맺혔다. 마치 자그마한 흑색의 돌풍과도 같은 광경이었다.

"큭!"

"무, 무슨?"

당황하는 기간틱 아머 라이더들. 두 눈으로 직접 보고도 믿지 못하겠다는 표정들이었다.

그들이 접수받은 정보에 의하면 놈은 염동술사였다. 육체 강화 능력자가 아니라!

한데 맨몸으로 기간틱 아머와 육박전을 벌여 발차기와 주먹질만으로 강철의 팔을 뜯어냈다. 그것만으로도 경악할 일이거늘 이제는 전기톱에 기괴한 힘까지 투사하고 있었다.

"와라."

적시운은 강철 갑주들을 향해 말했다.

"아니면 내가 갈까?"

"이익!"

기간틱 아머의 리더가 적시운에게로 쇄도했다.

드르르륵!

양어깨의 미니건이 맹렬히 회전하며 탄환을 퍼부었다. 적시운은 왼팔을 뻗고서 염동력을 가해 탄환들의 궤도를 구부려 놓았다.

타타타탁!

적시운의 주변에서 요란하게 콩을 볶는 탄환들.

격분한 리더는 그대로 육탄 돌격을 시도했다. 적시운 또한 앞으로 한 걸음 내디뎠다. 그것만으로도 삽시간에 허공을 격해 기간틱 아머를 스쳐 지나갔다.

동시에 종으로 작렬하는 흑색의 섬전!

번쩍!

검은빛 뇌전이 작렬했다 싶은 순간, 적시운을 지나쳐 간 기간틱 아머가 좌우로 쩍 갈라졌다.

콰과과광!

폭발로 인해 사방이 붉게 물들었다. 폭염을 등진 적시운은 그 공간에서 유일하게 어둠으로 물든 존재였다.

"네, 네놈은 대체 뭐냐!"

경악성을 토해내는 기간틱 아머 라이더.

"너희들도 익히 알고 있을 텐데?"

적시운은 나직한 어조로 말했다.

"나는 사냥꾼이다."

미네르바의 제어하에 있는 바탈리온 터렛들은 적시운이 전투에 들어간 순간부터 기간틱 아머에 대한 사격을 멈췄다.

적시운을 방해하지 않기 위함이기도 했지만 기실 더 큰 이유는 따로 있었다. 바깥쪽을 향해 총알을 토해낼 필요가 있었던 것이다.

드르르륵!

무자비한 탄환 세례가 쏟아졌다. 타이터스가 이끄는 병력은 터렛 필드 쪽으로 접근조차 하지 못하고 있었다.

소총수들은 무용지물. 이따금 수류탄을 던지거나 유탄이라도 쏠라치면 여지없이 저격수의 탄환이 내리꽂혔다.

지금처럼.

타앙!

"컥……!"

유탄 발사기를 들고 있던 병사가 가슴에서 피를 쏟으며 고꾸라졌다.

이걸로 벌써 3번째. 엄폐물 뒤에 숨어 있던 타이터스는 눈알이 튀어나올 것 같은 심경이었다.

"대체 뭐가 어떻게 된 거냐!"

5

"컥?"

"무슨 일이 일어나고 있는 거지?"

하수처리장 내부 지휘실.

모니터로 상황을 주시하던 요원들은 혼란에 빠졌다. 1차 터렛밭의 폐쇄회로 TV엔 평화로운 화면만이 비치고 있었다. 전투는커녕 개미 한 마리 얼씬거리지 않는 상황. 반면 추격대가 소지한 카메라엔 혼돈 그 자체가 펼쳐지고 있었다.

"서, 설마!"

OS를 조작하던 요원의 얼굴이 핼쑥해졌다.

"다, 당했다!"

"뭐야? 대체 그게 무슨 소리지?"

"1차 터렛 필드 화면은 녹화된 거다. 몇 시간 전의 화면을 반복해서 보여주고 있는 거였어!"

"뭐라고?"

"대체 몇 시간 동안 그랬다는 거지?"

"최소 3시간……!"

"……!"

다른 요원들의 얼굴에서도 핏기가 가셨다.

"그렇다는 건……."

놈이 2차 터렛밭을 맨몸으로 초토화한 것도, 1차 터렛밭으로 추격대를 유인한 것도, 모두 계획대로라는 것!

"놈은 1차 필드를 뛰어 넘어온 게 아니다. 모종의 방법으로 장악하고서 2차 필드를 공격한 거였어!"

"말도 안 되는 소리! 우리가 눈치채지도 못하게 터렛 필드를 장악했다고?"

"말 안 되는 소리가 아니다. 실제로 눈앞에 현실로 나타나 있잖나?"

반박하려던 요원이 입을 다물었다. 이미 실체가 떡하니 나와 있는 마당에 아니라고 우겨봐야 본인만 초라해지는 법이었다.

"해킹이라도 한 걸까?"

"바탈리온 터렛 제어는 오프라인으로 이루어진다. 실질적으로 각 터렛과 처리 장치가 케이블로 연결되어 있어. 온라인으로의 해킹은 애초에 불가능하다."

"그렇다는 건……."

"알 수 없는 방법으로 터렛밭을 뚫고 들어가 처리 장치를 직접 조작했다는 뜻이겠지."

과연 그게 가당키나 한 일인가?

요원들은 믿기지 않는다는 얼굴로 모니터를 노려봤다.

타이터스가 이끄는 병력은 터렛밭으로 접근조차 하지 못하고 있었다. 대응 사격으로 몇 개의 터렛을 부수긴 했지만 남아 있는 터렛이 압도적으로 많았다.

유탄이나 바주카 같은 병기를 쏠라치면 어김없이 저격수의 탄환이 날아들었다. 그런 까닭에 기껏해야 엄폐물 뒤에 숨어 수류탄 몇 발을 던지는 정도에만 그쳤다.

타이터스의 이능력인 가스 방출도 별 재미를 보지 못했다.

상대방은 무생물인 터렛. 그나마 있는 저격수는 위치조차 감을 잡기 어려웠다.

전투는 그렇게 고착화되고 있었다.

"지원군을 보내야 하는 것 아닌가?"

"그 전에 보고부터 올려야지."

"누가 할 건데?"

"……."

떨떠름한 침묵이 방 안에 감돌았다. 아무래도 좋은 소리는 듣기 어려운 보고 내용이다 보니 나설 엄두가 나지 않았다.

"그럼 제비뽑기라도 해서……."

"그럴 필요 없다."

"……!"

화들짝 놀란 요원들이 몸을 돌렸다. 소리 없이 열린 문틈으로 매카시의 상체가 튀어나와 있었다.

"매, 매카시 님."

"놈에게 제대로 말려들었군. 그렇지 않나?"

요원들은 뭐라 대답하지 못한 채 서로의 눈치만 살폈다.

모니터를 주시하던 매카시가 말했다.

"남은 병력이 어떻게 되지?"

"아, 예. 보병 40에 기간틱 아머가 15대입니다. 전투 가능한 요원은 보시다시피……."

"이곳에 틀어박혀 있는 건 무의미하다. 전부 이끌고서 터렛 필드를 측면에서 타격해라."

"아, 알겠습니다."

요원들이 자리를 박차고 달려 나갔다.

홀로 남은 매카시가 정면의 모니터를 응시했다. 어지러이 흔들리는 화면 너머로 적시운이 보이는 것만 같았다.

"그렇게 나온단 말이지······!"

콰직!

관절부의 틈새를 파고든 손아귀에 전선들이 잡혔다.

프츠츠츠!

흘러드는 전류를 맨몸으로 버티며 적시운은 팔을 끌어당겼다.

우지직!

손아귀에 붙들린 채 뽑혀 나오는 전선들. 시커먼 기름 줄기와 잡다한 기계 장치들이 덤으로 달려 나왔다.

삽시간에 왼팔의 제어력을 잃는 기간틱 아머. 적시운을 겨누던 총구가 아래로 떨어져서는 애꿎은 땅만 두들겼다.

적시운은 훌쩍 뛰어 아머의 흉부에 올라섰다. 그러고는 해치 접합부를 수도로 내리찍었다.

쾅! 쾅!

침착한 연타에 연결부가 박살 났다. 해치가 그대로 덜컹 열리며, 하얗게 질린 라이더의 얼굴이 나타났다.

"이, 이런 괴물!"

순간적으로 허리춤을 훑는 손놀림. 삽시간에 권총을 쥔 라이더가 적시운을 향해 방아쇠를 당겼다. 아니, 당겼다고 생각했다.

"허…… 억!"

라이더의 얼굴이 새파래졌다. 방아쇠울에 들어간 손가락이 뒤로 당겨지지 않았다. 더불어 코와 입이 호흡을 멈췄다.

'염동력!'

뇌로 향하는 산소가 차단되며 삽시간에 흐려지는 의식. 라이더는 그대로 총을 놓으며 고꾸라졌다.

"이걸로 끝인가."

적시운은 훌쩍 뛰어 바닥에 내려섰다. 그러고는 멀뚱히 서 있는 기간틱 아머에 가볍게 권격을 가했다.

대앵!

종소리를 내며 뒤로 넘어가는 기간틱 아머. 그래도 비교적 상태가 양호한 편이라 할 수 있었다. 제 모습을 유지하고 있는 것은 3개 정도에 불과했으니까. 나머지는 산산이 분해되어 주변에 흩뿌려져 있었다. 매캐한 연기와 악취를 내뿜으며.

적시운이 만들어낸 파괴의 현장.

10기의 기간틱 아머를 전멸시키는 데 10분이 채 걸리지 않았다. 제이콥 토마호크를 상대했던 때를 떠올려 보면 실로 비약적인 성장이었다. 물론 아머의 질과 라이더의 실력, 양면에서 제이콥 쪽이 뛰어난 편이긴 했지만.

그래도 10대나 되는 숫자를 커버할 정도는 아니었다. 게다가 그때와 달리 지금은 여유가 넘쳐 났고 말이다.

'그래도 제법 내력을 소모하긴 했어.'

적시운은 기감을 넓혀 바깥 상황을 확인했다.

터렛들과 헨리에타는 효과적으로 추격대를 저지하고 있었다. 사실 예상한 것 이상의 성과인지라 적시운도 적잖이 놀란 차였다.

'몇 놈 정도는 내부 진입에 성공할 거라 생각했는데.'

헨리에타는 단순히 잘 맞히기만 하는 게 아니라, 어떻게 맞혀야 효과적인지를 완벽하게 파악하고 있었다. 수많은 경험을 토대로 갈고닦은 감각일 터.

터렛의 화력이 받쳐 주는 가운데, 그녀가 적재적소에 탄환을 꽂아 넣는다. 그것만으로도 이능력자가 포함된 추격대의 발을 묶어두는 데엔 충분했다.

"큭!"

특무요원인 베넷이 더 참지 못하고 엄폐물 밖으로 뛰쳐나갔다. 싱글 B랭크 염동술사답게 온몸을 배리어로 감싼 상태.

베넷은 두 팔을 활짝 펴고는 도발하듯 소리쳤다.

"쏠 테면 쏴봐라, 스나이퍼!"

탄환의 궤도와 방향을 계산하여 저격수의 위치를 파악하겠다는 생각. 배리어까지 펼쳐 두었으니 두려울 것은 없었다.

그러나 탄환은 날아들지 않았다. 마치 그쪽의 계획대로는 움직이지 않겠다는 것처럼.

"그렇게 나온단 말이지?"

베넷은 유탄 발사기를 주워 들었다. 근처에 널브러져 있는 시체에서 굴러떨어진 것이었다.

다수의 터렛이 설치된 건물을 겨냥한 베넷이 그대로 방아쇠를 당겼다.

터엉!

건물을 향해 날아가는 유탄.

그 순간 벼락처럼 총성이 울렸다.

콰앙!

허공에서 폭발하는 유탄을 보며 베넷은 잠시 멍해졌다.

"설마…… 그걸 맞혔다는 건가?"

"그년이다!"

엄폐물 뒤에 웅크리고 있던 타이터스가 소리쳤다.

"그년이라니?"

"동양 놈을 돕는 케르베로스 연놈들은 총 넷이다. 한데 아지트에서 포획한 건 셋뿐이지. 저년이 없었기 때문이다. 제3공격대의 스나이퍼 계집이!"

"이능력자라도 되는 건가? 공중의 유탄을 맞혀서 터뜨릴 정도라니."

"장비와 아티팩트의 힘을 빌렸을 테지."

베넷은 전방을 노려보았다.

"그렇다면 차라리……."

"육탄돌격 하려는 거라면 관둬. 그 계집과 함께 있는 놈은 너를 능가하는 염동술사다."

"놈은 기간틱 아머 부대를 상대하느라 바쁠 것 아닌가?"

"조금 전에 아머 쪽과의 통신이 완전히 두절됐다."

"……!"

타이터스는 으드득 이를 갈았다.

"완전히 당해버렸어. 개 같은 자식! 도대체 저런 황당무계한 놈이 어디서 튀어나온 거지?"

"그건 모르겠지만……."

냉정을 되찾은 베넷이 엄폐물 뒤로 돌아왔다.

"확실한 건 우리가 실패했다는 점이다."

"실패라고?"

"그래. 네 말대로 기간틱 아머 부대가 전멸했다면 답이 나온 셈이다. 우린 실패했어. 남은 길은 피해를 최소화하고서 물러나는 거다."

"큭!"

타이터스의 두 눈에서 불똥이 튀었다.

"아직 아무것도 끝나지 않았다. 겁쟁이 같은 소리는 집어치워!"

"타이터스!"

"터렛에 내장된 탄환도 무한하진 않다. 조만간 탄환이 떨어지고 나면 놈들은 손발이 잘려 나간 신세가 될 거다. 그런데 물러나자고? 고지가 눈앞인데?"

무엇이 고지란 말인가.

베넷은 그렇게 반문하고 싶었지만 말을 삼켰다. 안 그래도 불리한 마당에 내분까지 생겨 버리면 답이 없을 터였다.

그때 내내 침묵을 고수하던 모데카이가 입을 열었다.

"조금 전에 크레들 쪽에서 통신을 보내왔다. 지원 병력이 터렛 필드의 측면을 치러 이동 중이라는군."

"다행이군."

짤막히 대꾸하는 베넷.

반면 타이터스의 표정은 한층 어두워져 있었다. 지원 병력이 움직인 데엔 매카시의 명령이 있었을 터.

'그렇다는 건……'

타이터스가 실패했다고 판단했다는 뜻. 매카시가 그에 대한 기대를 접었다는 의미였다.

"제기랄."

"너무 낙담하지 마라, 타이터스. 아직 기회는 있다."

"그래, 일단은 지원 병력과 연계하여 저곳을 공략하도록 하지."

두 요원의 말에 타이터스는 고개를 주억거렸다.

"적시운은 매카시 님의 몫이니 손댈 수 없겠지. 하지만 저 저격수 계집만큼은 반드시 이 손으로 멱을 따줄 것이다."

드르륵. 드르르륵……!

먼 거리에서 지속적으로 들려오는 총성. 저항군 병력은 트럭의 속도를 높였다.

"벌써 시작된 모양이군."

"그런 것 같아."

블랙의 말에 대꾸하는 클라리스의 표정은 딱딱했다. 이럴 거라 예상하긴 했지만, 그렇더라도 너무나 빨랐다.

'우리의 지원 같은 건 처음부터 계산에 넣지 않았다는 것처럼.'

지나칠 정도의 자신감이라고 해야 할까?

그러나 능력이 뒷받침된 자신감이라면 그 누가 뭐라 할 수 있을까.

"리더! 레이더에 대규모의 병력이 포착됐습니다. 터렛 필드의 측면으로 들어가려는 것 같습니다."

"잠깐만. 그렇다는 건 터렛 필드가 이미 무력화됐다는 건가?"

블랙의 말에 클라리스는 고개를 저었다.

"그건 아닌 것 같아. 지금 울리는 총성은 터렛에서 나오는 게 분명하거든."

"그 동양 친구가 터렛밭을 공격 중인 건가?"

"그럴지도. 그게 아니면……."

"터렛밭의 제어권을 빼앗았거나?"

"가능성이 아주 없진 않으니까. 어쨌든."

클라리스는 통신기를 들었다.

"우리는 지원 병력을 중도에서 타격한다. 운전수들은 레이더에 표시된 위치로 방향을 틀어."

부우우웅!

저항군 트럭들이 기세를 올리며 폐허 사이를 질주했다.

요원들 또한 저항군의 접근을 알아챘다. 애초에 레이더의 성능은 이쪽이 한 수 위. 모르려야 모를 수가 없었다.

"동양 놈의 끄나풀들인가?"

"뭐가 됐든 해치우는 편이 낫겠지. 안 그래?"

"좋아. 이곳에 터를 잡고 환영해 주도록 하자고!"

"그건 어려울 것 같은데."

"……!"

마지막 음성은 요원의 것이 아니었다. 목소리가 들려온 위치 또한 꽤나 떨어져 있었고.

흠칫하여 고개를 돌리는 요원들. 큼직한 뭔가가 날아와 그들 사이를 굴렀다. 뽑혀 나온 기간틱 아머의 머리였다.

그것을 던진 사내가 웃음기 없는 얼굴로 말했다.

"내가 너희를 환영해 줄 생각이거든."

6

"큭!"

"적시운……!"

요원들의 낯빛이 창백해졌다.

터렛 필드 쪽에서 걸어 나온 흑발의 동양인 사내. 다른 인물을 떠올리려야 떠올릴 수가 없었다.

"흥, 차라리 잘됐군. 제 발로 죽을 자리로 걸어 들어오다니 말이야."

시타델 특무요원 크레들이 하얀 이를 드러내며 이죽거렸다.

"터렛들을 조작해서 제법 재미를 본 모양이다만, 그것도 여기까지다. 매카시 영감한테 밉보이겠지만 네놈의 목숨은 우리가⋯⋯!"

"미안한데."

슥.

적시운이 크레들의 바로 앞까지 근접했다.

단 한 걸음. 신속의 시우보를 펼쳐 단숨에 파고든 것이다.

"너희는 말이 너무 많아."

쩍!

섬전 같은 권격이 크레들의 턱뼈를 깔끔하게 쪼갰다. B랭크 화염술사인 크레들은 이능력을 펼쳐 보지도 못한 채 그대로 절명했다.

"크윽!"

"이, 이 자식!"

당혹감이 요원들의 얼굴을 스쳐 지나갔다. 고위 염동술사라고 하여 그에 대한 대비만 했는데, 놈은 오히려 육체 강화 능력자에 가까워 보였다.

'염동력을 응용해 육체 강화와 비슷한 효과를 낸 것인가?'

'그게 아니면 아티팩트의 힘?'

'어느 쪽이 됐든 방심할 순 없다!'

썩어빠졌다고는 하나 어쨌든 시타델의 최정예 요원들. 크레들이 허무하게 나자빠지는 모습을 보자마자 사태의 심각성을 깨달았다.

물론 그런 걸 깨닫는다 해도 이미 늦은 경우가 있는 법이었다.

'속전속결!'

적시운은 폭풍우가 되었다.

이 싸움은 결국 적시운과 매카시가 결판을 내야 끝날 게임이었다. 때문에 매카시는 휘하 병력을 모조리 쏟아부으면서도 모습을 드러내지 않는 것이었고. 적시운의 기력이 상당히 떨어졌다고 판단될 시 즉각 참전하려는 것일 터. 냉혹하지만 효과적인 전술이었다.

'그렇다면……!'

그 생각을 역이용하면 그만. 적시운은 생각을 이어 나가는 와중에도 연신 공격을 떨쳤다.

콰과과과!

"크허억!"

"끄아아악!"

권장지각(拳掌指脚) 모두를 아낌없이 사용하는 무형무식의 공격 결계. 화려하진 않지만 확실한 일격으로 적시운은 병사들을 하나씩 거꾸러뜨려 나갔다.

"크윽!"

"이 새끼!"

요원들이 적시운을 향해 이능력의 집중포화를 쏟아부었다.

화르르륵!

돌풍과 화염이 연계된 광염의 폭풍이 적시운에게로 쇄도했다. 화염술사와 풍술사(Wind Talker)의 능력을 연합시킨 그럴싸한 공세.

그 외에도 염동력과 뇌전이 추가로 적시운을 뒤쫓았다.

적시운은 염동력 배리어로 방어하는 동시에 칠성의 시우보를 펼쳐 내달렸다.

1차적으로 이능력 대부분이 배리어에 상쇄됐다. 그래도 절반 이상의 에너지가 관통해 들어왔으나 이미 적시운은 초신속으로 빠져나간 뒤였다.

"이 자식!"

버서커와 같은 계열의 육체 강화 이능력자, 바바리안이 적시운의 앞을 가로막았다.

"네놈이 불알 달린 사내라면 정정당당히 맞붙어라!"

"그러지."

적시운은 유엽하를 밟아 바바리안에게로 쇄도했다.

흥 하고 콧김을 내뿜은 바바리안이 깍지 낀 두 손으로 적시운의 머리를 내려쳤다. 그러나 허공만 가를 따름.

구렁이처럼 바바리안의 등허리로 치고 올라간 적시운이 발끝을 내려찍었다.

"거짓말이었어."

콰직!

척추로 내리꽂히는 축격(蹴擊).

바바리안의 거구가 주춧돌 빠진 건물처럼 와르르 무너져 내렸다.

"비, 비겁한!"

"비겁? 너희가 비겁 운운할 처지인가? 떼로 몰려온 주제에 속 편한 소리를 지껄이는군."

"큭!"

신랄한 대꾸에 요원들이 이를 갈았다. 적시운은 그 틈마저 놓치지 않고 염동력의 탄환을 쏘아 날렸다.

"킥!"

응축된 에너지에 직격당한 요원이 피를 토하며 날아갔다. 조금 전까지 연계 공격을 펼치던 풍술사였다.

이어서 자세를 슬쩍 낮추는 적시운. 크라우칭 스타트와 비슷한 자세는 돌격 신호나 다름없었다.

"기간틱 아머 부대! 놈을 저지해라!"

놈이 접근하게 두어선 안 된다.

모든 요원의 뇌리를 스치는 생각이었다.

현시점에서의 최선책은 하나뿐이었다. 기간틱 아머가 탱킹을 하는 사이에 요원들이 대미지 딜링에 집중하는 것. 인간이 아닌 마수를 사냥하듯 전투에 임한다.

그것이 요원들이 내린 결론이었다.

그러나 적시운은 마수가 아닌 인간. 요원들의 얄팍한 속셈 따위는 진작 간파하고도 남았다.

부우우웅!

요란한 굉음을 내며 무언가가 날아들었다. 그 비행 궤도 사이에 있던 병사의 팔이 잘려 나갔다.

"끄아아악!"

처절한 비명을 배경 삼은 채 적시운의 손에 잡힌 것은 전기톱이었다.

"그러고 보니 여기는 뉴 텍사스주였지."

20세기의 영상 자료를 담아둔 기록실에서 보았던 영화 중 하나가 떠올랐다.

"텍사스에 전기톱이 갖춰졌으니 남은 건 학살뿐이겠군."

츠츠츠츠!

전기톱날 위로 시커먼 기운이 스멀스멀 피어났다. 천마검기였다. 커럽티드 울프를 상대하던 때엔 끄트머리에만 살짝 맺히던 수준이던 게 지금은 검신 전체를 충분히 휘감고 있었다.

'검신이 아니라 톱날이지.'

마음속으로 오류를 정정한 적시운이 기간틱 아머를 향해 뛰어들었다.

"큭!"

얼떨결에 팔을 내밀어 막는 라이더. 찰나의 순간 강철 팔과 전기 톱날이 마찰하는가 싶더니…….

부아아악!

단순히 잘려 나가는 수준이 아니라, 팔 전체가 갈가리 찢겨져 흩날렸다.

금속으로 이루어진 조각들이 추풍낙엽처럼 휘날리는 광경. 두 눈으로 보고 있음에도 기시감이 느껴질 지경이었다.

적시운은 그대로 전기톱을 밀어 넣었다. 두부를 가르듯 삽시간에 파고든 톱날이 기간틱 아머를 갈기갈기 찢어발겼다.

"으으!"

"이 자시이이익!"

드르르르륵!

미니건이 쏘아내는 탄환들이 광범위한 탄막을 구성했다. 그러나 그 탄환의 장막은 전기톱에서 흘러나오는 천마검기와 닿자마자 거짓말처럼 분해되어 비산했다.

적시운이 한 걸음을 내디뎠다. 그럴 때마다 한 기의 기간틱 아머가 어김없이 찢겨 나갔다.

숨을 쉬는 것만큼이나 빠르게 줄어드는 병력.

"으아아!"

"살려줘!"

패닉에 빠진 소총수들이 무기를 내던지고 달아나기 시작
했다. 요원들이 욕설을 뱉어댔으나 병사들은 들은 척도 하지
않았다.

적시운은 병사들이 달아나게 내버려 두었다. 하지만 요원
들이 내빼려 하자 지체 없이 염동력을 펼쳐 저지했다.

"크윽!"

"멋모르는 졸병들은 살려줘도 돼. 얼떨결에 끌려온 녀석
이 대부분일 테니까. 하지만 너희는 안 돼. 자유의지를 가지
고서 내게 덤벼든 놈들이니까."

"너, 널 죽이려 한 것은 매카시뿐이다. 우리는 아무 죄도
없어!"

"본인도 믿지 않는 거짓말을 하는군. 그 매카시에게 전폭
적으로 협조한 건 누구였지?"

"우, 우리는 그저 계급이 낮아서 매카시의 의견을 따른 것
뿐이다."

"글쎄. 최소한 저 올리버라는 녀석은 다른 얘기를 떠들던데."

요원들이 움찔거렸다. 확실히 이 상황은 조로아스터의 명
령을 어긴 매카시의 독단이 빚어낸 것. 타이터스처럼 적극
협력한 것까지는 아니었지만, 그들 또한 매카시에게 협조적

이었던 것은 사실이었다.

"올리버라는 녀석은 그래서 살려뒀지만 너희는 달라. 너희 모두는 선택의 대가를 치른다. 지금, 여기서."

"으으, 으으으……!"

"이 악마!"

어느 요원의 경악 섞인 외침.

적시운은 혀를 찼다.

"유언을 지껄이려거든 좀 창의적인 걸 떠들지그래? 악마니 괴물이니 하는 건 하도 들어서 귀에 딱지가 앉겠군."

"우릴 해치면 네 동료들이 무사하지 못한다!"

"동료?"

"그렇다! 케르베로스 길드 녀석들!"

적시운이 침묵했다. 말을 내뱉었던 요원이 기세등등해져서는 목소리를 높였다.

"아직 목숨을 부지하고 있다지만 가까스로 살아 있는 것에 불과하다. 우리가 한마디만 뱉는다면 놈들의 목숨도 그대로 끝장이다!"

"그러면 뱉어."

"뭐라고?"

"한마디만 뱉으면 그 녀석들이 죽는다는 거잖아? 그러면 해보라고. 말리지 않을 테니."

요원의 낯빛이 파리해졌다.

"네, 네 녀석. 대체 무슨 소리를 하는 것이냐?"

"그 녀석들은 내 동료가 아냐. 죽는다면 좀 찝찝하긴 하겠지만, 그저 그뿐이지. 게다가……."

적시운은 손가락을 튕겼다. 요원들의 재킷 주머니에서 퍼석 하는 소리가 동시다발적으로 울렸다.

"……!"

주머니 안의 통신기가 모조리 박살 났다. 요원들은 아차 싶었지만 이미 엎질러진 물이었다.

"이제 한마디를 하고 싶어도 못 하게 됐군. 설령 할 수 있었더라도 네놈들 생각대로 되지는 않았겠지만."

"이런 개새……!"

쾅!

말을 지껄이던 요원의 얼굴이 포탄에 직격당한 것처럼 터져 나갔다.

천랑권 제2식, 낭혼권격.

왼 주먹을 거둔 적시운이 담담히 말했다.

"그 말, 별로 안 좋아하거든. 먼저 죽고 싶은 놈은 마음껏 지껄여도 좋아."

"……."

입을 여는 요원은 없었다. 그렇다고 해서 그들의 운명이 바뀔 리도 없었지만.

요원들의 운명을 관장하는 사신이 걸음을 내디뎠다.

죽음이 그들의 머리 위로 강림했다.

"아……!"

전장에 도달한 클라리스는 넋을 잃은 채 탄성을 흘렸다. 파괴의 향연이 끝나고 난 직후였다.

원형조차 확인하지 못하게끔 흩뿌려져 있는 기간틱 아머들, 처참하기까지 한 몰골로 널브러져 있는 요원들의 시체, 그 한가운데에 우뚝 서 있는 사내.

"당신은 대체……."

클라리스는 말을 잇지 못했다. 그것은 그녀를 따라온 동료들 또한 마찬가지였다.

톱날에 묻은 피와 기름을 닦아내던 적시운이 말했다.

"생각보다도 빨리 왔는걸."

"그리고 당신은 그보다도 빠르게 상황을 정리했고요."

"말했잖아. 이건 내 싸움이라고."

"우리가 도울 수 있을 거라고 생각했지만…… 아무래도 제가 틀렸던 모양이네요."

"그렇지만도 않아."

적시운은 무거운 숨을 토했다.

"녀석들을 상대하느라 제법 기운을 소모했거든."

"괜찮은 건가요?"

"회복할 시간만 주어진다면."

대체로 기력을 회복하려면 족히 한나절은 쉬어야 했다. 체력도 체력이거니와 이능력의 경우엔 쉬는 것 이외엔 회복 수단이라 할 만한 게 없었던 것이다.

"그럼 일단은 이 정도까지만 하고 빠질 생각인가요?"

"아니, 그랬다간 정말 녀석들이 죽을지도 몰라."

"녀석들?"

"인질로 잡힌 녀석들. 내 알 바 아니라고 하기는 했는데…… 그래도 개죽음을 당하게 두는 건 역시 좀 그래서."

"그렇군요."

희미한 미소를 짓는 클라리스. 괴물이나 마신의 현현이 아닐까 생각했던 사내에게 그래도 인간적인 면이 남아 있다는 게 이상하게도 기뻤다.

"보아하니 그 '회복'이라는 건 그리 오래 걸리진 않는 모양이군요."

"그래."

"그렇다면 우리가 당신이 회복하게끔 시간을 벌면 될까요?"

확실히 두뇌 회전이 빠른 여자다. 적시운이 그녀에게 제안하려던 바를 명확하게 파악하고 있었다.

"애기가 빨라서 좋은걸."

"어느 정도 시간을 벌면 될까요?"

"30분이면 충분해."

전황에 대해선 클라리스도 대부분 파악하고 있었다. 실질적으로 남은 전투 지역은 한 곳뿐. 타이터스 무리와 터렛들이 맞붙고 있는 지점이었다.

물론 적시운이 그쪽을 염두에 두고 있는 것은 아닐 터. 그는 보다 큰 그림을 그리고 있는 게 분명했다.

'매카시? 혹은 그 이상의……?'

어쩌면 후자일지도 모른다는 생각이 클라리스의 뇌리를 강하게 자극했다.

7

"제기랄! 지원군 쪽은 대체 어떻게 된 거지?"

타이터스는 얼굴을 찡그린 채 중얼거렸다. 빗발치던 탄환은 눈에 띄게 줄어든 직후였다. 정면에 배치된 터렛 중 대다수가 파괴됐기 때문이었다.

요원 측도 피해는 다소 입은 상황. 다행히도 그 피해의 대부분은 병사에게 집중되어 있었다. 전력의 핵심인 요원 세 사람은 여전히 무사했다. 기간틱 아머 부대가 전멸한 것이 뼈아프긴 했지만.

'이제 지원군과 호응해 양동작전을 펼치면 되는 것인데…….'

정작 지원군 측의 움직임이 뚝 끊겼다. 거짓말처럼 반응이 사라져 버린 것이다.

"아무래도 뭔가 문제가 생긴 모양이다."

"그쯤은 나도 안다!"

모데카이의 말에 날카롭게 쏘아붙인 타이터스가 이를 갈았다.

"할 수 없지. 우리만이라도 치고 들어가는 수밖에."

"잠깐, 타이터스! 지원군 쪽이 전멸한 게 사실이라면 우리도 위험하다. 지금은 일단 물러나서 사태를 관망하는 게 나을지도 몰라."

"아직 전멸했다는 게 확정된 것은 아니잖나! 게다가 이대로 물러갔다가 매카시 님의 분노를 어떻게 감당하려고?"

"어떻게든 해야지. 차라리 그편이 더 나을 수도 있다. 죽는 것보단 나을 테니."

"뭣……!"

반사적으로 고개를 돌린 타이터스는 움찔했다. 두 동료 요원의 얼굴이 더없이 진지했기에.

"매카시가 아무리 지랄발광을 한다고 해도 감내할 수는 있다. 하지만 죽고 난 뒤엔 그런 것조차 못 해. 말 그대로 끝장이란 말이다."

"너희들……."

"게다가 매카시도 멋대로 날뛰진 못할걸. 이미 이렇게나 큰 피해를 냈으니 조로아스터 님의 분노를 피하기도 어려울 거다."

피잉!

대화 중인 그들의 머리 위로 탄환이 스쳐 지나갔다. 무심코 고개를 들었다가 저격수의 눈에 든 결과였다.

"빌어먹을 년!"

요원들은 고개를 낮췄다. 배리어 아티팩트가 있기에 총탄이 두려울 건 없었지만, 그래도 기분이 더러운 것만은 사실이었다.

"물러날 땐 물러나도 저년만큼은 죽이고 나서 물러나야지 않겠나?"

"할 거라면 최대한 빨리 처리해야 한다. 언제 그놈이 덤벼들지 모르니."

"좋아, 내가 앞장서지."

베넷이 엄폐물 밖으로 튀어 나가며 말했다. 기다리고 있었다는 듯 탄환이 날아들었지만 그는 귀찮다는 듯 손을 저었다.

피잉!

탄환의 궤적이 순간적으로 바뀌어선 엉뚱한 곳을 타격했다.

"흥, 내 앞에선 어림도 없다."

이러니저러니 해도 B랭크 염동술사. 주의만 기울인다면 저격 따위에 당할 일은 없었다.

같은 시각, 멀리 떨어진 위치.

"쳇."

날카롭게 혀를 찬 헨리에타가 소총을 재장전했다.

바탈리온 터렛은 반수 이상이 대파된 뒤. 여유 탄환 역시 바닥을 드러낸 탓에 터렛밭의 화망 구축 능력이 절반 이하로 줄어들었다.

물론 화내거나 안타까워할 일은 결코 아니었다. 요원 측의 타격은 그보다 컸으면 컸지, 결코 작지 않았으니까.

'하지만……'

핵심 전력인 세 명의 요원은 멀쩡한 상황. 병사들을 총알받이로 써먹은 결과이니 당연하다면 당연했다.

어쨌든 더 이상 저지한다는 것은 불가능했다. 저지선이 뚫리는 것은 순식간일 터.

"슬슬 도망쳐야 할지도."

"아직은 아냐."

"……!"

등 뒤에서 들려온 소리에 헨리에타는 기겁했다. 깜짝 놀라 하마터면 총을 놓칠 뻔한 그녀가 가슴을 움켜쥐었다.

"놀랐잖아! 오려거든 기척 좀 내고 다녀."

"목소리를 보니 아직은 기운이 넘치나 보네."

"뭐, 여기에 틀어박혀서 방아쇠만 당겼으니까."

말은 그래도 그녀가 해낸 일은 그리 간단한 게 아니었다. 터렛밭과 연계했다고는 해도 어쨌든 이능력자 셋과 두 자릿수의 병력을 효과적으로 저지했으니 말이다.

"저항군 무리가 곧 이쪽으로 올 거야."

적시운의 말에 헨리에타가 눈을 빛냈다.

"그들과 협력하면 저 녀석들을 처리하는 건 일도 아니겠네?"

"글쎄. 그렇게 되면 좋기는 하지만."

"사실 당신만 나서면 저항군도 필요 없지 않아?"

"난 지금부터 쉴 생각이야."

갑자기 마음이 바뀌어 변덕을 부리는 것은 아니리라.

이제는 적시운에 대해 꽤나 자세히 알게 된 헨리에타였다.

"매카시 때문이구나?"

"일단은."

"일단은?"

마치 매카시 말고도 뭔가가 더 있다는 듯한 말투. 의문이 들긴 했으나 헨리에타는 더 캐묻지 않았다. 말해야 할 정보였다면 묻지 않아도 말했을 적시운이니.

"좋아. 그래서 휴식을 위해 필요한 시간은 어느 정도인데?"

"대략 30분 이상."

결코 짧다고만은 할 수 없는 시간.

그래도 헨리에타는 고민 없이 고개를 끄덕였다.

"알겠어. 최선을 다해볼게."

"그럼 부탁할게."

말을 끝마치자마자 적시운은 가부좌를 틀고서 운기조식을 시작했다. 운기조식에 대해 잘 모르는 헨리에타가 봐도 적시운이 무방비 상태라는 걸 알 수 있었다.

'그렇다는 건…… 나를 신뢰한다는 뜻?'

두근.

약동하는 심장 소리가 새삼스럽게 크게 들렸다.

한 번 더 적시운을 돌아본 헨리에타가 스코프로 시선을 옮겼다. 렌즈 너머에선 이미 총격전이 시작된 뒤였다.

"……."

어둑한 방 안.

벽 한쪽을 송두리째 차지하는 거대한 스크린만이 빛을 투사하고 있었다.

스크린은 수십 개의 화면으로 분할되어 있었다. 특이점은 그 대부분이 먹통이라는 것. 지직거리는 노이즈들이 요란스럽게 서로를 과시하고 있었다.

그래도 몇몇은 정상적인 화면을 표시하고 있었다. 최소한 그것만으로도 상황을 유추하는 게 가능할 정도로.

그리고 조로아스터는 화면 속 내용을 토대로 상황을 단정 지었다.

"또다시 실패했군."

매카시가 데려간 병력은 문자 그대로 궤멸했다. 일반 병사는 사실상 전멸, 기간틱 아머 부대는 실제로 전멸. 요원들 또한 소수만 살아남은 상황이었다.

이견의 여지가 없는 패배.

이는 곧 에메랄드 시타델의 패배와도 같았다.

"……."

조로아스터로서는 도저히 용납할 수 없는 일이었다. 그의 도시는, 시타델은 지고한 존재여야만 했기에.

최소한 뉴 텍사스주 내에서는 이 도시야말로 모든 것의 정점이었다. 그러한 불멸의 왕좌에 금이 갔다. 매카시라는 한 인간의 판단 미스로 인하여. 혹은 또 다른 한 인간으로 인해.

"적시운."

조로아스터는 으드득 이를 갈았다. 그는 할 도리를 다했다. 에스텔의 요구가 있었다고는 하나 적시운에게 1등 시민권을 발급해 주었고, 그 외의 필요한 것들을 불만 없이 제공해 주었다.

"한데 이것이 그 대가란 말인가?"

이 전투 자체가 매카시의 독단으로 벌어진 일이라는 건 분명했다. 그 결과에 따라 적시운과 매카시, 둘 중 어느 쪽을 중용할지 정하기로 했다는 점 또한.

하지만 막상 이런 결과가 나오고 나니 적시운의 능력에 대한 욕심보다도 경계심이 커질 수밖에 없었다. '놈은 위험하다'라는 사실을 조로아스터가 비로소 자각하게 된 것이다. 결코 좋다고는 할 수 없는 형태로.

"용납할 수 없다."

그랬다. 조로아스터는 도저히 용납할 수 없었다. 한 개인에 의해 시타델이라는 거대 집단이 무릎을 꿇었다는 사실을.

더 이상 매카시에게만 맡겨둘 수도 없었다. 이미 그는 조로아스터의 신뢰를 잃은 뒤였기에.

결국 이 모든 것을 매듭짓는 것은 그의 몫이었다.

달칵.

버튼을 누르자 분할 화면이 사라지고 한 사내의 얼굴이 나타났다. 흉터로 얼굴을 도배하다시피 한 중년 사내였다.

-하달하실 내용이라도 있습니까, 조로아스터 님?

"그렇다, 필로소 보안 담당관."

조로아스터의 눈매가 가늘어졌다.

"지금 당장 병력을 이끌고 가야 할 곳이 있다."

드르르륵!

타타타탕!

빗발치는 탄환 속에서 타이터스는 이를 악물었다.

"벌레 같은 놈들이……!"

터렛밭이 끝났다 싶으니 또 다른 놈들이 나타났다. 그나마 위안거리라면 이번엔 어리둥절하지는 않다는 점일까.

시타델의 암덩어리, 레지스탕스. 빈민층을 기반으로 구성된 저항군 나부랭이들이었다. 그다지 위협적일 것도 없었다. 이능력자는 전무하고 기간틱 아머 같은 첨단 장비도 없으며 전투 능력 또한 빼어나진 않았으니.

그래도 지금 같은 상황에선 성가시기 짝이 없었다.

"베넷, 모데카이! 뒤로 물러나라!"

동료들을 물러나게 한 후 타이터스가 양팔을 뻗었다. 그의 손끝이 순간적으로 보랏빛으로 물들었다.

좌아아악!

무시무시한 기세로 뿜어져 나오는 독가스.

매캐한 흑연이 저항군에게로 몰려들었다.

"방독면 착용!"

클라리스의 외침에 저항군들이 일사불란하게 방독면을 착용했다.

"하, 그딴 게 먹힐 것 같나!"

비릿한 미소를 짓는 타이터스.

이내 저항군 병사들의 비명이 경쟁적으로 터져 나왔다.

"으아악!"

"커헉!"

호흡기가 아닌 피부로 흡수되는 독 안개. 병사들의 피부 위로 보랏빛 수포가 부글부글 끓어올랐다. 발진과 비슷한 증상. 미칠 듯한 가려움에 팔을 긁어대기 시작하자 진물과 피가 폭발적으로 흘러나왔다. 붉은 피는 삽시간에 검게 물들었고 몸 전체가 썩어 문드러졌다.

"끄으으윽!"

병력의 반수가 삽시간에 고꾸라졌다. 그나마 살아남은 나머지도 뒤로 물러나는 데에만 급급했다.

"칫!"

스코프를 통해 지켜보던 헨리에타가 입술을 깨물었다. 기껏 달려온 지원 병력이 삽시간에 전멸할 판. 그냥 두었다간 시체만 치우게 생겼다.

그녀는 일단 흑인 요원을 겨냥하고서 방아쇠를 당겼다. 먹힐 거란 생각은 들지 않았지만 뭐라도 해야 했다.

피잉!

예상대로 탄환은 요원 앞에서 허무하게 튕겨 나갔다. 그래도 위협은 되었는지 흑인 요원이 주춤하여 물러났다.

"이 빌어먹을 년!"

타이터스가 고래고래 욕설을 내질렀다. 배리어 아티팩트가 막아주었기에 망정이지, 자칫하면 이마에 구멍이 날 뻔했던 것이다.

밀어붙이던 독가스의 기세도 눈에 띄게 주춤했다.

"최대한 흩어져!"

클라리스의 외침에 병사들이 산개했다. 그들은 대략 절반씩 양쪽의 폐건물로 들어가서는 사격을 재개했다.

"블랙, 그린! 놈들에게 일반적인 탄환은 소용없어. 고화력의 유탄으로 승부해야 해!"

"알고 있어, 리더!"

유탄 발사기와 RPG로 무장한 병사들이 창턱에 포구를 얹었다. 동료 중 반수가 눈앞에서 죽어 나가는 꼴을 목도한지라 하나같이 살의에 가득 차 있었다.

"뒈져라, 개자식들!"

터텅!

쾅!

경쟁적으로 불을 뿜는 포구들. 발사된 유탄과 로켓탄이 요원들에게로 집중됐다.

"큭!"

"이런 개 같은!"

요원들의 얼굴이 절로 일그러졌다. 배리어 아티팩트가 있다고는 하지만 저런 포탄까지 막는 것은 버거웠던 것이다.

원래대로라면 병사들을 방패막이로 내세웠을 터. 하지만 방패가 되어줄 병사들은 모조리 죽어 널브러진 뒤였다.

"쳇!"

베넷이 염동력을 펼쳐 몇 개의 포탄을 엉뚱한 방향으로 날려 보냈다. 그래도 워낙 수가 많아 전부를 날려 보내지는 못했다. 요원들은 하는 수 없이 흩어져서 몸을 날렸다.

콰콰콰광!

작렬하는 불기둥을 뒤로 한 채 요원들이 땅을 굴렀다. 헨리에타는 그 기회를 놓치지 않고 방아쇠를 당겼다.

8

탕!

"커억!"

베넷의 오른 팔뚝이 반쯤 터져 나갔다. 폭발을 피해 몸을 날리는 찰나를 노린 헨리에타의 저격이었다. 다른 두 요원과 달리 그는 배리어 아티팩트를 소지하지 않았다. 본인의 염동력만으로도 탄환을 방어하기에 충분했기 때문이다.

하지만 그 염동력을 유탄들을 튕겨내는 데에 소모해 버렸고, 그런 탓에 저격에 미처 대응하지 못했다.

그나마 다행이라면 직격당하지는 않았다는 점.

그래도 살점이 한 뭉텅이는 뜯겨 나갔다.

"크으윽!"

뜯겨 나간 부위를 움켜쥐고서 신음하는 베넷. 팔 아래의 땅엔 이미 큼직한 피 웅덩이가 만들어져 있었다.

"빌어먹을 놈들!"

분노한 모데카이가 폐건물을 향해 손을 뻗었다. 순간적으로 폐건물이 좌우로 거세게 흔들렸다.

BB랭크 진동술사(Oscillator)의 횡방향 진동파.

반쯤 철거된 것이나 다름없는 건물이 버텨낼 레벨이 아니었다.

쿠구구구!

기둥이 어긋나는가 싶더니 폐건물이 순식간에 폭삭 가라앉았다. 그 안에 있던 병사들 또한 한꺼번에 매몰됐다.

"큭!"

클라리스는 울컥 치솟는 감정에 이를 악물었다. 리더라고는 하지만 이런 규모의 전투 경험은 전무하다시피 한 그녀였다. 눈앞에서 동료들이 떼죽음을 당하는 광경 또한 마찬가지. 맨정신으로는 도저히 견뎌내기 힘들었지만 그래도 눈을 돌려 외면할 수는 없었다.

"리더, 명령을!"

블랙의 외침에 그녀는 가까스로 마음을 추슬렀다.

"계속…… 저들을 압박해야 해. 조금이라도 틈을 보이는 순간 지금처럼 당하게 될 거야."

"공격이 최선의 방어라는 거군."

"그래, 게다가 다행히도 우군이 있는 모양이니……."

그녀의 시선이 터렛밭 쪽을 훑었다. 탄환들이 난자하여 너덜너덜해진 공간 사이에 아마도 저격수가 있을 터였다.

"가지고 있는 화력을 몽땅 쏟아부어야 해."

"명령대로!"

투두두두!

기관총과 유탄 세례가 요원들에게 쏟아졌다.

가까스로 베넷을 지혈시킨 모데카이가 소리쳤다.

"더는 버틸 수 없다. 지금 당장 물러나야 한다, 타이터스!"

"크윽!"

타이터스는 피가 나도록 주먹을 쥐었다. 논리적으로 보자면 모데카이의 말이 백번 옳았다. 결코 유리하다고 볼 수 없는 상황에 언제 적시운이 나타날지 알 수도 없었으니.

하지만 자존심과 긍지가 후퇴를 허락하지 않았다. 미개한 하층민들, 저항군 따위에게 쫓겨 달아난다는 사실을 도저히 인정할 수 없었다.

그러나 현실은 현실인 법.

"타이터스!"

"좋아, 후퇴하자."

타이터스의 대답에 모데카이는 안도의 한숨을 쉬었다.

"상황이 꼬이긴 했지만 최악은 아니다. 아직 이쪽엔 인질이 남아 있어. 우선은 물러나 인질을 재료로 상황을 반전시켜야 한다."

"빌어…… 먹을!"

이를 악문 타이터스가 연막용 가스를 퍼뜨렸다.

푸화악!

투시 장비는 따로 없는 듯 총탄의 궤도가 중구난방으로 변했다.

"좋아, 일단은 후퇴를……."

말을 잇던 모데카이가 움찔하여 멈췄다. 타이터스 또한 등허리에 와닿는 한기를 느끼고는 흠칫했다.

"수, 수석 요원님."

"그래, 달아나서 인질극을 벌일 계획이란 말이지?"

매카시의 음성은 더없이 차분했다. 그러나 요원들은 알고 있었다. 그가 평정을 가장했다지만 실은 터지기 직전의 화산과도 같은 상태라는 것을.

"그 획기적인 계획에 대해 좀 더 자세히 설명해 주지 않겠나?"

"매카시 님."

타이터스는 마른침을 꿀꺽 삼켰다. 반면 모데카이는 보다 실용적인 태도를 내비쳤다.

"베넷의 상태가 위중합니다. 지금 당장 치료를 받아야 합니다."

"내가 바라는 대답이 아니로군."

"우리는 실패했습니다. 예, 그 점을 질타하시려는 거라면 겸허히 받아들이겠습니다. 하지만 지금 중요한 건 잘잘못을 따지는 게 아니지 않겠습니까?"

"그 또한 내가 바라는 대답이 아니야."

모데카이는 이를 악물었다.

"시간이 없습니다, 매카시 님. 우리끼리 이러고 있어봐야 놈들에게만 좋을 뿐입니다."

"시간이라. 너희들이 꼬리를 말고 도망치기 위해 필요한 시간 말이지?"

"……뭐라고 표현하시든 상관하지 않겠습니다. 다만 나중에 해주십시오. 지금은 이럴 때가 아닙니다."

"많이 컸군, 모데카이. 그게 아니면 버러지들에게 당한 탓에 맛이 가버린 건가?"

파직!

눈이 멀 것 같은 빛에 타이터스는 고개를 획 돌렸다. 이윽고 매캐한 냄새가 그의 코를 자극했다. 지나치게 타버린 고기 냄새.

털썩.

모데카이의 몸이 실 풀린 인형처럼 허물어졌다.

"크……!"

타이터스는 새어 나오려는 비명을 애써 참았다. 시커멓게 타버린 눈앞의 무언가를 모데카이라고 부를 수나 있을지 의문이었다. 팔다리나 겨우 알아볼 법한 형체의 석탄 덩어리나 다름없었기에.

"네가 대신 설명해 볼 테냐, 타이터스?"

"……예."

마른침을 삼켜 넘긴 타이터스가 간신히 입을 열었다.

"작전은 실패했고 저희는 패배했습니다. 하지만 매카시 님은 패배하시지 않았습니다."

"……그리고?"

"결국 이 싸움의 승패를 결정짓는 분은 매카시 님이겠지요."

"흠."

미묘한 반응.

그래도 타이터스는 적잖이 안심했다. 최소한 단번에 탄화되지 않은 것만으로도 다행이라 할 수 있었다.

"적시운은 조금 전부터 행동을 보이지 않고 있습니다. 부상을 입었거나, 어쩌면 매카시 님을 두려워해 숨은 것인지도 모르겠습니다."

매카시는 터렛밭 방향을 힐끔 보았다. 타이터스가 펼쳐 뒀던 연막은 거의 흩어진 직후였다.

"가라. 하수처리장으로 돌아가 인질들을 맡고 있도록."

"예."

고개를 푹 숙인 타이터스의 시선이 옆을 스쳤다. 과다출혈로 인해 혼절한 상태의 베넷이 널브러져 있었다.

"가라, 타이터스."

"……예."

베넷을 외면한 타이터스가 하수처리장 쪽으로 걸음을 옮

겼다.

"……."

매카시는 전방을 응시했다. 이제 연막은 완전히 사라진 상황. 간헐적으로나 날아들던 탄환들이 본격적으로 매카시에게 집중됐다. 떨어진 사탕을 향해 몰려드는 개미 떼처럼. 그곳에 약을 뿌려 벌레들을 박멸하는 게 매카시의 일이었다.

"건방진 버러지들."

혀를 찬 매카시가 걸음을 떼었다.

파지지직!

그의 몸 주변으로 무형의 파장이 일렁였다. 전자기 배리어가 펼쳐진 것이었다.

스르르륵!

벌 떼처럼 쏟아지던 탄환이 전자기장에 붙들려서 정지했다. 매카시가 가볍게 손을 털자 운동에너지를 잃은 탄환들이 바닥으로 우수수 떨어졌다.

터엉!

쇄도하는 유탄을 본 매카시가 팔을 뻗었다. 금속제 유탄은 전자기장에 붙들려선 날아왔던 방향으로 튕기듯 되돌아갔다.

콰과광!

폭염과 함께 튀어나오는 파편들.

건물의 잔해에 인간의 잔해가 뒤섞여 사방으로 비산했다.

"큭!"

클라리스는 긴장 속에서 주먹을 불끈 쥐었다. 내내 모습을 드러내지 않던 매카시가 마침내 나타난 것이다. 그것도 잔뜩 약이 오른 채.

하기야 그럴 수밖에 없으리라. 원래 계획대로였다면 그가 할 일은 마지막 뒤처리 정도였을 테니까.

하지만 적시운으로 인해 모든 계획이 송두리째 뒤집혔다. 체스판의 킹처럼 군림했어야 할 매카시에게 졸지의 퀸의 역할이 주어진 셈이었다.

"대장께서 드디어 납셨단 말이지?"

헨리에타는 호기롭게 소리치며 방아쇠울에 손가락을 넣었다. 그래도 몸이 한층 긴장되는 것만은 어쩌지 못했다. 시타델 최강의 인간이란 타이틀은 그녀 또한 무시하기 어려웠던 까닭이다.

'아니, 그래 봤자 결국은 인간이야!'

이능력자라 해봐야 결국은 인간. 육체 강화 계열이 아닌 이상, 총칼에 맞으면 죽는 것은 똑같았다. A랭크 뇌전술사라는 허울 때문에 그 사실이 간과될 수도 있겠지만 사실은 사실인 것이다.

실제로 단계가 낮다고는 해도 B랭크의 염동술사를 저격으로 보내 버린 그녀였다. 같은 일을 두 번 못한다고 볼 수는 없었다.

'넌 할 수 있어.'

스스로를 독려하며 헨리에타는 방아쇠를 당겼다.

탕!

공간을 가르며 날아가는 탄환.

원래대로면 전자기장에 붙들렸을 테지만 이번엔 달랐다. 일반적인 금속제 탄환이 아닌 고무탄이었기 때문이다. 매카시를 상대하기 위해 특별히 챙겨놓은 탄환이었다.

'꿰뚫어라!'

조준이 정확하다면 미간에 적중할 터. 일반 탄환과 다르기에 두개골을 관통하진 못할 테지만 뇌진탕을 유발하기에는 충분할 것이었다. 그러나 탄환은 매카시에게 닿지 못한 채 허공에서 불타 버렸다. 전자기장 내부에 펼쳐진 전뇌 배리어에 의해서였다.

"흥, 얕은 수작쯤이야."

매카시는 차갑게 웃었다. 적들이 그에 대해 아는 것 이상으로 매카시는 적들에 대해 잘 알고 있었다. 경험의 격이 다른 것이다.

고무탄을 상대한 것도 한두 번이 아니었다. 그리고 지금껏 단 한 번도 고무탄에 당해본 적이 없는 그였다.

드르르륵!

매카시의 접근에 남아 있던 터렛들이 동시에 반응했다. 많지는 않아도 여전히 유효한 숫자의 탄환이 쏟아졌지만 매카시의 근처까지 닿는 것은 단 하나도 없었다.

"흥."

매카시는 터렛 중의 하나를 향해 손을 뻗었다.

꽈릉!

뇌전의 화살이 터렛을 후려쳤다. 그 순간 터렛의 내부 회로로 파고든 전류는 케이블을 타고서 중앙처리장치까지 쇄도, 다시 케이블을 통해 모든 터렛의 회로로 파고들었다. 그리고 모든 회로를 태워 버렸다.

기이이잉.

기능을 잃고서 정지해 버리는 터렛들. 그래도 수십 기가 남아 있던 게 단 한순간에 전멸하고 만 것이다.

빗발치던 총성이 사라진 곳에 무거운 정적이 남았다.

"괴물……!"

헨리에타는 입술을 깨물었다. 설마 터렛밭이 이렇게까지 간단히 무력화될 줄은 상상조차 못 했기에.

이것이 바로 A랭크. B랭크 계열과는 비교를 거부하는 압도적인 힘이었다.

'이대로 싸워선 절대 안 돼!'

그녀는 저격을 멈췄다. 지금 같은 상황에선 타격을 주기는

커녕 이쪽의 위치만 노출시킬 가능성이 컸다.

결국 남은 길은 하나뿐이었다. 최대한 기척을 죽이고서 적 시운이 회복하기를 기다리는 것.

그러나 클라리스와 저항군 측이 이를 알 리는 없었다. 헨 리에타는 가슴이 타들어 갔지만 안타깝게도 그들과 소통할 수단이 없었다.

터터텅!

쿠궁! 빠지지직!

총, 포탄의 발사음과 폭발음, 건물의 붕괴음과 뇌전의 작 렬음이 뒤섞여 파괴의 불협화음을 만들어냈다.

간헐적으로 터져 나오던 소음이 차츰 줄어들었다. 폭음의 비중이 줄고 뇌성의 비중이 커지는가 싶더니 마침내 모든 소 음이 사라졌다.

"아으…… 으."

무너진 토사 속에서 클라리스는 신음했다. 머리를 부딪친 듯 이마 위로 끈적끈적한 액체가 흘러내렸다. 뇌진탕 증세로 인해 뭐가 어떻게 된 것인지 기억나지 않았다.

파삭.

무언가가 구둣발에 밟혀 부서지는 소리.

클라리스는 잠시 뒤에야 그것이 석탄 덩어리와 비슷한 무언가임을 깨달았다.

'아니, 그게 아냐.'

시간이 흐르며 기억이 명료해졌다. 그제야 석탄 덩어리인 줄 알았던 것이 인간이 손끝임을 깨달았다. 까맣게 탄화되고만 동료의 손이라는 것을 말이다.

"크!"

분노한 그녀가 허벅지로 손을 가져갔다. 권총을 뽑아 갈기려 했으나 그녀를 뒤덮은 토사로 인해 몸이 말을 듣지 않았다.

매카시는 그 광경을 내려다보며 웃었다.

"네가 마지막인가."

9

"죽일 테면 죽여."

클라리스는 최대한 담담한 표정을 짓고자 노력했다. 공포가 되었든 고통이 되었든 감정을 드러내 봐야 놈만 만족시켜주는 꼴이 될 것이기에. 그것만은 죽어도 싫었다.

"흥."

클라리스의 의도를 깨달은 매카시가 코웃음을 쳤다.

"가지지 못할 것을 욕심낸 주제에 꼴에 자존심은 있다는 건가?"

"당신이 할 말은 아닐 텐데? 하층민 출신의 수석 특무요원?"

"내겐 힘이 있었고 그 힘을 다루기 위한 재량이 있었다. 아무것도 지니지 못한 채 태어난 너희들과는 다르다."

"당신은 그저 운이 좋았을 뿐이야."

"좋을 대로 지껄여라. 열등한 것들의 헛소리가 우월한 자를 자극할 일 따위는 없으니."

클라리스는 비릿한 미소를 지었다. 기어코 반격의 기회를 잡아낸 이의 웃음이었다.

"그 논리대로라면 당신은 그 남자보다도 열등한 존재겠군?"

매카시의 눈썹이 눈에 띄게 꿈틀댔다.

"지금 뭐라고 했지?"

"잘나신 수석 특무요원께서 숨은 채로 기회나 엿보다가 이제야 나타나신 이유가 뭘까?"

"정말 제멋대로 지껄여 대는 계집이군."

"열등하니까. 어차피 열등한 것의 헛소리는 우월한 수석 요원님께 아무 의미도 없을 텐데?"

클라리스는 웃었다.

"당신은 그를 두려워하고 있어. 그래서 이제야 슬금슬금 기어 나온 거야. 안 그래? 우월하신 수석 특무요원님."

"죽고 싶어 환장한 계집이로군. 내가 네년을 죽이지 않은 게 네년이 잘나서 그런 줄 아나?"

"이유 따윈 알 바 아냐. 알고 싶지도 않아. 내가 말할 수 있는 건 댁이 역겨운 인간이란 것과 겁에 질려 있다는 사실이야."

"겁이라고? 이 매카시가?"

"그래, 당신은 적시운을……."

꽈악!

팔을 뻗은 매카시가 클라리스의 목을 움켜쥐었다. 무시무시한 악력에 클라리스의 두 눈이 튀어나올 것처럼 충혈됐다.

"크, 크윽!"

매카시는 그녀의 몸을 그대로 끌어당겼다. 클라리스의 몸이 거짓말처럼 토사 바깥으로 끌려 나왔다. 육체 강화 능력자가 아님에도 실로 어마어마한 근력이었다.

"나 정도의 랭커라면 근 신경계에 전기 자극을 주어 근력을 강화시키는 것쯤은 일도 아니지."

이른바 기능적 전기 자극(Functional electrical stimulation).

원래는 근 기능 회복 및 연장을 위해 전기 자극을 이용하는 치료법이었다.

매카시는 이를 응용해 근 기능을 단순히 회복시키는 걸 넘어 강화시키는 경지로 이끌어 냈다. 이 또한 A랭크이기에 가능한 능력.

신경계 자극으로 인한 강화된 근력은 B랭크 육체 강화계와 맞먹는 수준이었다.

"한마디로 네년의 목을 꺾는 것쯤은 일도 아니라는 뜻이다."

"크…… 으윽!"

경동맥은 건드리지 않은 채 순수하게 신경만을 압박한다. 의식은 잃게 하지 않으면서 고통을 고스란히 전달하는 고문 방식이었다.

허공에 들린 클라리스의 발끝이 부들부들 떨렸다. 그녀는 눈을 반쯤 까뒤집은 채 가쁜 호흡을 몰아쉬었다.

"주, 죽여."

"그렇게 간단히는 안 되지. 최소한 네년이 똥오줌을 모조리 쏟아낼 때까지는 가지고 놀아야 성이 풀릴 것 같다."

매카시의 두 눈에 섬뜩한 핏발이 섰다.

"적시운과 한 패거리인 줄 알았는데 의외로군. 이 정도면 놈이 나타날 만도 한데 말이야."

"누, 누가 너 같은 인간의 뜻대로 움직여 줄까 봐?"

"뭐, 됐어. 네년 말고도 미끼로 쓸 만한 계집은 하나 더 있으니까."

헨리에타를 말하는 것일 터. 클라리스는 저주라도 퍼붓고 싶었지만 비명을 지르는 것조차 여의치 않았다.

"아아, 윽……!"

"지금부터 네년의 몸에 전류를 흘려 넣어주지. 죽을 정도는 아니다. 그저 고통스럽기만 할 뿐이지. 부디 찬찬히 음미해 주었으면 고맙겠군."

"악…… 마!"

매카시는 화를 내는 대신 웃었다. 그것이야말로 클라리스에게서 듣고 싶었던 단어였기에.

"혀를 놀려 저주한다는 건 차라리 죽여달라는 애원과 같지. 안 그런가? 저항군의 리더 아가씨?"

클라리스는 대답하지 않았다. 이미 동공이 빛을 잃고 몸은 축 늘어진 뒤였기에. 죽지는 않았지만 결코 무사하다고 할 수 없는 상태. 이대로 약간의 전류만 밀어 넣어도 즉사는 피할 수 없으리라.

"조금 이른 감이 있지만 끝을 내볼까?"

빙긋 웃은 매카시가 전류를 방출하려 했다. 그때 그의 감각이 희미한 기척의 접근을 감지했다.

"흥, 결국은 모습을 드러내……."

휙.

메마른 바람이 매카시에게로 몰아쳤다. 다음 순간 매카시의 동공이 전에 없던 수준으로 확장됐다. 지척까지 접근한 인영을 보았기에.

"뭣······!"

매카시는 반사적으로 손을 뻗어 뇌전을 방출했다. 그러나 섬전은 엉뚱한 땅바닥만을 후려칠 따름이었다.

홱!

순간 손안이 허전해지는 느낌. 붙들고 있던 클라리스를 빼앗겼다는 사실에 매카시는 이를 갈았다.

"네놈······!"

적시운은 그를 돌아보지 않았다. 그저 손을 뻗어 클라리스의 몸 곳곳을 매만질 따름이었다.

'어떤 것 같아?'

[기혈이 손상되진 않았군. 내상이 크지 않으니 약간의 기력만 불어넣어 주면 목숨은 보전할 걸세.]

'부작용 같은 건 없고?'

[이 처자가 백도 계열의 무공을 익혔다면 모르겠네만 아예 새하얀 백지라면 상관없을 것일세.]

'알겠어.'

적시운은 클라리스의 복부에 손바닥을 가져갔다. 손바닥을 통해 은은한 기운이 그녀의 몸속으로 퍼져 나갔다.

"아······."

클라리스의 얼굴에 혈색이 돌며 눈에 띄게 안정되었다. 거기까지 확인하고 나서 적시운은 고개를 돌렸다. 일그러져 있던 매카시의 입가에 미소가 피었다.

"애석하게 됐군. 네 부하 중 살아남은 것은 그 계집뿐이다."

"부하?"

"아니라고 시치미 뗄 참인가?"

적시운은 대꾸하지 않았다. 귀찮게 설명할 필요도 없거니와 매카시가 뭐라 생각하든 알 바 아니었기에.

"움직임이 제법 날래더군. 과연 내 추격을 뿌리치고 달아날 만한 실력이야."

매카시가 가볍게 손을 털며 말했다.

"하지만 결국은 요행일 뿐이다. 아무리 용을 써봐야 내 뇌전을 피할 수는 없다."

조금 전 섬전이 엉뚱한 방향을 때린 것은 조준이 빗나갔기 때문일 뿐. 제대로 조준할 수만 있다면 놈을 지져 버리는 것쯤은 간단한 일이었다. 무엇보다도 매카시에겐 단순히 전류를 지지는 능력만이 있는 게 아니었다.

'기능적 전기 자극!'

매카시는 두 눈을 부릅떴다. 체내 전류가 근섬유를 자극하여 육체 기능을 극대화했다. 근력 및 감각이 확장되며 상대적으로 주변의 흐름이 느려졌다. 아드레날린이 혈관을 질주하는 듯한 감각에 매카시는 광소를 머금었다.

"크크크! 과연 네놈이 내 힘을……!"

적시운은 걸음을 떼었다. 감각의 확장으로 인해 느려진 공간 속에서도 전혀 줄지 않은 스피드였다.

"큭!"

흠칫한 매카시가 주먹을 뻗었다. 콘크리트조차 간단히 부숴 버릴, 강력하고 빠른 펀치였다.

그러나 목표물엔 닿지 않았다.

천하보의 제1보, 유엽하.

적시운의 신형은 버들가지 사이로 미끄러지는 바람이었다. 그 사이로 주먹을 뻗어본들 어찌 실체를 붙들 수가 있을까.

미끄러지듯 주먹을 흘려낸 적시운이 매카시를 향해 권격을 뻗었다.

'이건……!'

매카시의 감각이 비명을 질렀다. 지금껏 단 한 번도 경험해 보지 못한 생경한 느낌. 그래도 어찌 보면 다행이라 할 수 있었다. 체내 전류를 통해 감각을 증폭시키지 않았다면 이 일격의 강맹함조차 가늠할 수 없었을 테니.

'으, 으아아!'

매카시는 반사적으로 뇌전을 방출했다. 어지간한 마수조차 절명을 면할 수 없는 치명적인 고압 전류였다.

빠지지직!

창백한 섬전이 폭풍처럼 작렬했다. 그 열과 전류의 회오리 속에서 매카시의 몸이 농구공처럼 튕겨져 나왔다.

촤르륵!

반쯤 엎어진 채 바닥을 미끄러지는 매카시. 그의 얼굴엔 분명한 경악이 어려 있었다.

"네놈은 대체……!"

열 폭풍이 사라진 자리에 적시운이 서 있었다. 살짝 찡그린 얼굴로 손목을 좌우로 흔들며.

적시운이 내뻗은 천랑섬권의 권기.

매카시가 방출한 플라즈마 형태의 고압 전류.

두 개의 막대한 기운이 충돌하는 과정에서 서로의 에너지가 상쇄되었다.

상쇄된 힘은 마찰열로 화하여 주변에 소규모의 열 폭풍을 만들었다. 그리고 결과적으로 두 사람 모두 큰 타격을 입지는 않았다.

적시운으로서는 만족스러운 결과는 아니었지만 매카시로서는 도저히 믿을 수 없는 결과였다.

"과연 A랭크라는 거군. 쉽게 쓰러뜨리긴 힘들겠어."

"뭐…… 라고?"

매카시의 얼굴이 절로 일그러졌다. 저것은 결코 겁먹은 자의 반응이 아니었다. 매카시라는 사내의 적이 되어버린 존재가 내비칠 반응이 아니었다.

쉽게 쓰러뜨리긴 힘들겠다.

그 말을 뒤집어 보자면 결국 애먹기는 해도 쓰러뜨릴 수는 있겠다는 말이 아닌가?

매카시는 그러한 현실을 도저히 용납할 수 없었다.

"적시운, 네놈!"

"왜?"

담담하다 못해 태평하기까지 한 반응. 매카시는 일순 말문이 막힐 뻔했다.

"네놈, 이건 결코 염동술사가 펼칠 수 있는 능력이 아니다. 네놈의 정체는 대체 뭐냐? 염동술사라는 건 개소리일 터! 네 진정한 능력을 밝혀라!"

"내 진정한 능력이라."

적시운의 입매가 살짝 기울어졌다. 경멸이 섞여 있는 냉소였다.

"깔보기 좋아하는 댁과 달리, 나는 내 능력을 아무에게나 떠벌리고 다니는 머저리가 아냐."

"네놈!"

"그렇지만 보여주지."

적시운이 손을 내저었다.

스르르륵.

손끝의 흐름에 따라 주변의 돌무더기와 잔해들이 허공에 들렸다. 매카시는 홀린 듯한 눈으로 그 광경을 바라봤다.

"이건……."

이견의 여지가 없는 염동력. A랭크 이능력자인 매카시이 기에 확실하게 느낄 수 있었다.

놈은 염동력자다. 그것도 자신보다 하위 랭크임이 분명한!

"그런데 내 전격을 상쇄했다고?"

"그랬지."

"그건 말도 안 된다!"

"그럼 네가 악몽이라도 꾸고 있는 모양이지."

적시운의 입가에서 냉소가 사라졌다. 운기조식을 하고 오 길 잘했다는 생각이 뇌리를 스쳤다. 죽어버린 클라리스의 동 료들에겐 안된 일이지만.

'그 상태로 싸웠다면 위험했을지도 모른다.'

반쯤 맛이 간 얼굴을 하고 있지만 매카시는 A랭크의 위명 을 지니기에 부족함이 없는 강자였다. 이는 조금 전의 격돌 만 봐도 알 수 있는 것.

'죽일 생각으로 전력을 다해 쳤는데 상쇄하는 데에 그쳤다.'

물론 우세했던 쪽은 객관적으로 봐도 적시운이긴 했다. 더 불어 심리적 우위를 차지한 쪽 역시.

그렇다고는 해도 결코 안심할 수는 없었다. 찰나의 방심은 그 누구의 목숨이라도 앗아갈 수 있는 법이기에.

"누군가의 원수를 갚겠다는 식의 표현은 그리 좋아하지 않지만."

적시운은 호흡을 가라앉혔다. 단전으로부터 천마신공의 기운이 치솟아 올라 기혈을 타고 질주했다.

"너는 최대한 고통스럽게 죽일 생각이다. 일단은 그렇게 말해둬야 할 것 같군."

"죽인다고? 네놈이? 이 매카시를?"

당장에라도 미쳐 날뛸 것만 같은 매카시.

그와 반대로 적시운은 차분하기 짝이 없는 어조로 대꾸했다.

"죽인다고. 내가, 네놈을."

10

우우웅.

쓰러져 있던 클라리스의 몸이 허공에 들렸다. 적시운이 염동력으로 들어 올린 것이었다.

"어딜!"

불똥이 튈 듯한 눈빛을 한 매카시가 팔을 뻗었다.

꽈르르릉!

강렬한 뇌전이 부채꼴 형태로 매카시의 손끝에서부터 분사됐다.

피할 수 없는 섬전, 포크 라이트닝(Fork Lightning).

겨냥 방향을 추측해 회피 가능한 일반적인 뇌전과는 달랐다. 전후좌우 각 5m의 공간을 동시타격 하는 광범위 공격기. 사각지대가 없다시피 한 기술이었다.

빠지지직!

뇌전은 정확히 적시운을 타격했다. 클라리스를 들어 올리느라 배리어를 펼칠 겨를이 없으리라는 매카시의 예측이 정확히 들어맞은 것이다.

'끝이다!'

매카시는 내심 쾌재를 불렀다.

이러니저러니 해도 A랭크와 BBB랭크의 격차는 분명한 것. 더군다나 염동력과 전기력은 물리적 접점이 없다시피 하기에 방어하기도 까다로웠다. 조금 전 벌어진 상쇄 작용이 그렇기에 더욱 경악스러운 것이었다.

그러나 매카시는 더 이상 동요하지 않았다.

'필시 아티팩트의 도움을 받아 방어한 것일 테지!'

하지만 두 번은 없다. 조금 전과 같은 요행은 한 번으로 끝이었다.

"어쩌냐, 버러지 같은 놈!"

벅찬 고양감 속에서 소리치는 매카시. 그 순간 그의 두 눈에 핏발이 섰다.

스륵.

전격이 몰아치고 난 뒤, 자욱하게 퍼진 연기 사이로 적시운의 신형이 튀어나왔다. 거의 타격을 입지 않은 모습으로.

"크윽!?"

적시운은 후방으로 손을 뻗고 있었다. 손끝을 따라 시선을 옮긴다면, 터렛밭 쪽으로 천천히 옮겨지는 클라리스의 몸을 볼 수 있을 터였다.

그녀의 몸은 이미 터렛밭에 거의 다다른 상태.

그쪽에 신경을 쓰는 동시에 매카시의 포크 라이트닝을 견뎌냈다는 의미였다.

"이런 말도 안 되는!"

"돼."

쿵.

적시운이 진각을 밟았다. 그리 요란스럽다고는 볼 수 없는 한 걸음. 그런데도 거짓말처럼 주변의 땅이 쩌저적 갈라졌다.

천하보의 네 번째 걸음, 용신퇴(龍身腿).

앞선 세 개의 보법이 이동을 위한 것이라면 용신퇴는 공격을 위한 보법이었다.

그 묘리는 천근추와도 맞닿아 있었다. 순간적으로 강력한 무게가 실린 한 걸음을 내디딤으로써 다음 일격의 공격력을 배가시킨다.

흔히들 말하는 '무게를 실은' 공격의 완성판이라 할 수 있었다.

용신퇴를 밟은 적시운의 상체가 아래로 숙여졌다. 동시에 천랑섬권이 바로 앞의 땅바닥을 향하여 펼쳐졌다.

쾅!

쩌저저적!

대지를 파고드는 주먹.

그 뒤로 수백 평방미터의 대지가 사정없이 갈라졌다. 그리고 그 아래는 텅 빈 공간. 과거 지하 주차장으로 쓰이던 공간이었다.

콰르르르!

지반이 무너지며 자연히 매카시의 몸 또한 지하로 추락했다. 반면 적시운은 염동력으로 몸을 띄워 여유롭게 상공으로 회피했다.

"이런 개 같은……!"

쿠구구구!

매카시의 욕설은 지반 붕괴의 소음에 완전히 파묻혔다. 엄청난 양의 모래 먼지가 피어올라 사방을 뒤덮었다. 터렛밭까지도 자욱한 모래 먼지에 파묻혀 버렸다. 그래도 지반이 붕괴되는 것은 피했으니 다행이었다. 애초에 적시운이 거기까지 계산해 둔 까닭이었지만.

"후우."

가볍게 숨을 돌리는 적시운. 그런 가운데 입가에선 가느다란 선혈이 흘러내리고 있었다. 내색하진 않았지만 매카시의 전격에 다소 내상을 입은 적시운이었다.

그런 가운데 기운을 끌어올려 용신퇴와 천랑섬권의 연계기를 날렸으니, 속이 진탕되는 것은 당연한 수순이었다.

[그래도 저런 강자를 해치운 대가치고는 싼 편이구먼.]

"이 정도에 죽지는 않았을걸."

스스슥!

적시운이 대꾸하기 무섭게 흙먼지 사이에서 커다란 구체 하나가 떠올랐다. 철골을 비롯한 각종 금속으로 이루어진 구체였다. 급조한 듯 덕지덕지 붙어 있는 금속들 사이로 매카시의 모습이 언뜻 보였다.

'전자기력으로 끌어모은 모양이군. 그 짧은 찰나에 말이야.'

[번개의 힘으로 저리 했단 말인가?]

'그래.'

[허, 자네의 세상엔 퍽 신기한 친구가 많구먼.]

적시운은 쓴웃음을 지었다. 한 방에 끝장내지 못한 건 아쉬웠지만 그래도 성과가 없다고는 볼 수 없었다.

'타격을 전혀 받지 않았을 리는 없다.'

후두두둑.

구체를 구성하던 금속체들이 떨어져 나가고 바닥을 구성하는 금속들만 남았다. 매카시는 그 위에 선 채 헐떡이고 있었다.

"이런…… 개 같은 새끼……!"

뚝. 뚜둑.

매카시의 제복은 온통 찢기고 얼룩덜룩했다. 피가 배어 나온 부위가 제법 많은 걸로 보아 타격이 상당했던 듯했다.

하기야 졸지에 산사태에 파묻힌 셈이니 그럴 만도 했다. 육체 강화 정도만으로 최소 수 톤에 이르는 돌무더기에서 무사할 리는 없었으니.

"죽여 버리겠다!"

슈슈슈슉!

떨어져 내리던 금속들이 방향을 전환해 솟구쳐 올랐다. 처음부터 적시운의 사각을 노리는 것이 매카시의 목적이었던 것이다.

물론 적시운은 기감을 통해 눈치를 채고 있었다. 그래도 사방에서 쇄도하는 공세를 허공에서 대처하기란 쉬운 일이 아니었다.

전자기장에 이끌린 금속들이 벌 떼처럼 달려들었다. 적시운은 염동력을 한계까지 끌어올려 회피와 방어를 동시에 수행했다.

파직!

등허리를 때리고 지나가는 철골.

타격 자체는 별것 아니었지만 척추를 타고서 전류가 짜르르 울렸다.

'전자기장으로 움직이는 동시에 전류를 흐르게 해둔 건가?'

일반 물리의 상식을 넘어선 응용법. 블랙 링의 등장 이후 물리 체계가 송두리째 바뀌어버렸기에 가능한 일이었다.

"타앗!"

금속체 공격을 지속하던 매카시가 돌연 섬전을 갈겼다. 적시운으로선 도저히 피할 수 없는 일격이었다.

꽈르릉!

거대한 뇌성(雷聲)이 상공을 뒤흔들었다.

전격에 직격당한 적시운의 신형이 터렛밭 쪽으로 튕겨져 나갔다.

"큭."

대지 위였다면 어찌어찌 회피할 수도 있었을 것이다. 뇌전의 속도는 어쩔 수 없어도 매카시가 겨냥하는 방향을 보고 앞서 피하는 것은 가능했기에.

실제로 그렇게 몇 번의 전격을 피했었지만 이번엔 사정이 달랐다. 허공 위인지라 보법을 쓸 수 없었고 염동력을 통한 기동은 그리 빠르지 않았던 것이다.

[허공답보에 준하는 경신술을 미리 익혀뒀다면 좋았을 걸세.]

'빨리도 말해주는군!'

쿠궁!

폐건물의 벽을 뚫고 들어간 적시운이 바닥을 굴렀다. 뇌전이 신경계를 태워 버린 모양인지 온몸이 말을 듣지 않았다.

[심호흡을 하고 단전에 집중하게. 천마신공의 기운이 자네를 회복시킬 것일세.]

적시운은 천마의 조언에 따라 내공을 일주시켰다.

얼마 지나지 않아 신경계가 회복되며 몸을 제어할 수 있게 됐다. 동시에 막심한 통증이 뒤따랐다.

"젠장."

적시운은 이를 악물고서 몸을 일으켰다. 제법 긴 시간이 지난 듯했지만 실제적인 시간의 흐름은 몇 초에 불과했다. 타인이 보기에는 그야말로 초인적인 회복 속도라 할 수 있었다.

'예전이었다면 이 한 방으로 즉사했을 테지.'

천마신공은 방어와 회복, 양 측면에서 적시운을 지켜주었다. 중형 마수마저 삼시간에 튀겨 버릴 고압 전류를 버텨내고 그 타격에서 회복한 것. 양쪽 모두가 천마신공의 공능 없인 불가능했을 일. 그 사실을 자각하고 나니 새삼 웃음이 나왔다.

"A랭크 이능력자란 말이지."

그것도 여러 측면에서 세실리아를 능가하는 진짜배기. 한 도시의 최강자라며 떵떵거리는 게 이해가 되는 강자.

그런 존재를 상대로 충분히 상대할 만하다는 생각이 든다는 것. 이로부터 오는 감정의 격류가 적시운의 몸을 휘감았다.

[어제의 자네보다 오늘의 자네가 더 강하다는 사실을 자각한 것이지.]

머릿속의 천마가 빙긋 웃었다.

[이제 저 치에게도 알려주게나. 누가 진정한 강자인지를.]

'평소라면 당신 말에 콧방귀나 뀌었겠지만.'

적시운은 걸음을 내디뎠다.

'이번만큼은 마음에 드는걸.'

쿵!

시우보를 밟은 적시운이 단번에 건물 밖으로 튀어 나갔다. 시간을 따지자면 매카시가 전격을 먹여 건물에 처박은 뒤로 기껏해야 10초가량 흐른 직후. 거의 처박히자마자 튀어나온 것이나 다름없었다.

"큭?!"

매카시는 적잖게 당황했다. 나름 회심의 일격을 먹인 것이 있는데 그조차도 별다른 타격을 주지 못한 것이다.

"이이이익!"

분노는 순간적으로 이성을 짓밟았다. 매카시는 상황을 고려하기도 전에 능력을 최대한 끌어모았다.

"뒈져라!"

꽈르르릉!

하늘을 뒤덮는 뇌전의 폭풍이 적시운을 향하여 몰아쳤다. 인간은 도저히 피할 수 없는, 일단 방출되고 나면 돌이킬 수 없는 신의 창날이.

그러나 적시운은 매카시가 뇌전을 부르기 이전에 행동에 나선 상태였다.

슈슈슈슉!

적시운의 뒤를 따라 몇 개의 금속성 물체들이 딸려 나왔다. 염동력에 이끌린 금속들은 삽시간에 간이 피뢰침을 구성했다.

매카시가 뇌전을 불러일으킨 것은 그 직후.

원래대로라면 발사하기 전에 방해 요소부터 배제하려 들었겠지만 분노에 눈이 먼 매카시는 미처 그러지 못했다.

파츠츠츠!

거대한 규모가 무색하게도 뇌전은 적시운이 아닌 피뢰침을 때렸다. 엉성하게나마 구축된 도선을 따라 뇌전은 대지로 스며들어 흡수됐다. 그사이 적시운은 염동력을 타고서 매카시를 향해 치솟았다.

"큭!"

흠칫 놀란 매카시가 전자기 배리어를 치려고 했다. 그러나 단기간에 너무 많은 기력을 소모한 까닭에 배리어의 위력은 평소의 절반에도 미치지 않았다. 평소 수준이었더라도 의미는 없었겠지만.

적시운의 주먹이 허공을 때렸다.

파앙!

천랑권 제2격, 낭혼권격.

적시운의 권기는 격산타우의 묘리를 지닌 채 수 m의 공간을 꿰뚫었다.

콰직!

배리어마저 뚫고서 쇄도한 권기가 매카시의 복부 중앙에 정확히 꽂혔다.

"커……!"

쩍 벌어진 매카시의 입에서 시커먼 핏덩어리가 튀어나왔다.

적시운은 거기서 그치지 않고서 염동력의 기류를 타고 매카시의 위쪽으로 치솟았다.

[천마신공의 삼법삼공은 상호 보완의 성질을 지니고 있지. 예컨대 천랑권으로부터 파생되는 권, 장, 지, 각의 네 공격법에 보법

이 결합된다면……]

엄연한 기틀을 지닌 각법으로 화하게 된다.

바로 지금처럼.

콰지직!

신형을 위아래로 반전시킨 적시운이 용신퇴의 묘리를 담아 매카시의 어깨를 내리찍었다. 그 순간 보법은 각법으로 화하여 수 톤의 밀도를 지닌 타격을 매카시에게 전달했다.

우지지지직!

찢겨 나가는 근섬유, 부서져 나가는 골간.

매카시의 어깨는 워해머에 얻어맞은 듯 완전히 우그러졌다. 그나마도 기능적 전기 자극을 통해 육체를 강화했기에 이 정도. 평소 상태였다면 왼쪽 상체가 모조리 터져 나갔을 것이다.

물론 그 사실이 매카시에게 위안이 될 리는 없었다.

"크아아악!"

엉망이 된 어깨를 움켜쥔 채 매카시가 비명을 질렀다. 다음 공격에라도 대응해야 할 터였지만 고통과 경악은 마지막 남아 있던 그의 이성마저 완전히 불태워 버렸다.

적시운 또한 그 사실을 깨달았다. 하지만 그렇다고 하여 마음을 놓거나 우쭐해지진 않았다. 약간의 방심이 목숨을 앗아갈 수 있는 곳이 황무지이기에.

'끝낸다!'

쿵!

적시운이 낼 수 있는 모든 기력이 담긴 천랑섬권이 매카시의 흉부에 작렬했다.

11

우직!

적시운은 주먹은 1차적으로 매카시의 흉부를 완전히 함몰시켰다. 늑골과 흉골이 하나의 예외 없이 안쪽으로 우그러져 들어갔다.

뒤이어 2차 타격인 천랑권기가 매카시의 몸속을 사정없이 찢어발겼다.

안팎으로 부서져 나가는 육체.

매카시는 더 이상 인간이라고 부르기도 어려울 형상이 되어 바닥으로 추락했다.

콰직!

시체가 산산이 부서지는 흉물스러운 소리.

그 뒤로 자욱한 피 안개가 피어올랐다. 인위적으로 강화시켰던 육체가 붕괴하는 과정에서 혈액이 증발해 버린 결과였다.

"끝난…… 거야?"

스코프를 통해 상황을 주시하던 헨리에타가 중얼거렸다. 그녀의 옆으로는 클라리스가 누워 있었다. 적시운이 염동력으로 날려 보낸 그녀의 몸을 헨리에타가 수습했던 것이다.

적시운의 응급처치 덕분에 혼절했음에도 제법 편안한 모습이었다. 아마도 목숨이 위험해질 일은 없을 터였다.

"정말로 해낸 거구나."

맥이 탁 풀린 헨리에타가 소총을 놓고서 드러누웠다. 적잖이 긴장했던 까닭인지 온몸에 쥐가 난 것만 같았다.

손끝은 덜덜 떨리고 허벅지는 쑤신다. 엉덩이는 멍든 것만 같고 귀에서는 이명이 울린다.

고문이라도 당한 것만 같은 느낌.

그러나 그 감각 덕분에 살아 있다는 실감 또한 들었다.

"한숨 자려고?"

익숙한 음성에 헨리에타는 재차 안도감을 느꼈다.

"매카시는 완전히 죽은 거지?"

"세포 단위의 재생 능력이라도 지닌 게 아닌 이상은."

"그렇구나."

헨리에타는 땅을 짚고 가까스로 몸을 일으켰다. 엎드려서 저격만 한 것에 불과하다지만, 그녀가 느꼈던 긴장과 압박은 실로 엄청난 수준이었다.

실제로 그녀의 주변은 엉망진창이었다. 눈먼 탄환들과 아슬아슬하게 스쳐 지나간 탄환들의 흔적이 가득했던 것이다.

　"그러고 보니 매카시의 부하 하나가 도망치는 데 성공했어. 지금쯤이면 하수처리장으로 돌아갔을 거야."

　"알아. 내가 처리할 테니 너는 이 자리를 우선 뜨도록 해."

　당신 혼자서?

　그렇게 물으려던 헨리에타는 이내 입을 다물었다. 생각해 보면 이 전투 자체가 적시운 단 한 명에 의해 결판이 난 것 아니던가.

　그렇게 생각하니 자신의 질문이 얼마나 어처구니없는 것일지 자각이 들었다.

　"알겠어. 아지트는 부서졌으니, 일단 작센 씨에게 몸을 의탁해 둘게."

　"그러는 게 좋겠어. 작센이라면 너희 둘을 숨겨주는 것쯤은 어렵지 않겠지."

　"응, 부디 세 사람을 무사히 구해줘."

　"그러지."

　몸을 돌린 적시운이 잠시 멈칫했다.

　"그리고."

　"응?"

　"수고했어."

멍하니 입을 벌렸던 헨리에타가 이내 미소를 지었다.

"나, 방해는 되지 않았어?"

"전혀. 최소한 이번만큼은 제법 도움이 됐어."

"기왕이면 큰 도움이 됐다고 해주지."

장난기 섞인 그녀의 반응에 적시운은 픽 웃었다.

"그래, 큰 도움이 됐어. 잘했어."

"응⋯⋯."

헨리에타의 얼굴이 살짝 붉어졌다. 엎드려 절 받은 격이긴 하다지만 이 정도의 칭찬을 받은 것은 처음이었다. 뭐라 표현하기 어려운 복잡한 감정이 그녀의 머릿속을 헤집어 댔다.

헨리에타는 고개를 휘휘 저어 잡념을 떨쳐 냈다. 지금은 보다 중요한 일이 있었기에.

"바로 출발할게. 당신도 조심해."

"그래."

대강 손을 내저은 적시운이 폐건물 바깥으로 뛰어내렸다. 그 뒷모습이라도 볼까 하던 헨리에타는 금세 마음을 접었다.

"우리의 적은 매카시 하나만이 아니야."

원인이 무엇이든 간에 시타델 정규군을 백여 명 가까이 사살했으며 특무요원에게도 궤멸적인 타격을 입혔다. 시타델의 수뇌부, 특히나 조로아스터가 이를 그냥 두고 볼 리가 없었다.

"하이에나를 잡았더니 사자가 나타난 격이려나."

사실 사자가 아니라 코끼리 부대라고 해야 할 정도의 격차이긴 했다. 매카시가 아무리 강해 봐야 일개 개인인 반면, 조로아스터는 도시 하나를 손에 쥐고 주무르는 거물이었으니 말이다.

'하지만⋯⋯.'

그렇게까지 두렵진 않았다. 아마 예전이었다면 극한의 공포 속에서 떨어지는 낙엽에도 소스라쳤겠지만, 지금은 아니었다.

단 한 명의 인간이 곁에 있다는 이유만으로.

"⋯⋯."

헨리에타는 생각을 멈추고서 클라리스의 몸을 부축해 일으켰다. 위기는 넘겼다지만 하마터면 죽을 뻔했던 그녀인 만큼 최대한 신속한 치료가 필요할 터였다.

"헉헉⋯⋯ 헉!"

가까스로 하수처리장 앞에 도착한 타이터스가 거칠게 헐떡였다. 공포로 인해 이성이 마비됐던 그였다. 그렇다 보니 아직 굴러가는 트럭조차 내버려 둔 채 무식하게 이곳까지 뛰어 왔다.

이후 상황은 어떻게 됐을까? 매카시는 무사할까?

머릿속으로 생각해 봐도 답이 떠오를 리 없었다.

달아나기 시작한 지 얼마 되지 않아 거대한 지진이 일어났지만 타이터스는 뒤를 돌아보지도 않았다. 그저 미친 듯이 흔들리는 땅바닥 위에서 필사적으로 내달렸을 뿐. 그만큼 그가 느낀 공포는 어마어마했다.

'누구에 대한?'

처음에는 그게 매카시에 대한 공포라고 생각했다. 분노한 매카시의 곁에서 최대한 떨어지기 위해 달아났노라고 생각했다.

그러나 이제 와 생각해 보니 그게 아니었다. 그가 진정으로 두려워했던 것은…….

"큭!"

타이터스는 이를 악물었다. 지금은 이런 생각을 전개할 시간조차 아깝기 그지없었다.

기이이잉.

병력이 빠지고 난 하수처리장은 을씨년스러웠다. 기계들이 돌아가는 소리만이 유령의 곡성처럼 들려올 뿐. 섹터마다 불이 훤히 밝혀져 있는데도 들어가기 꺼려질 정도였다.

"제기랄."

욕설을 내뱉은 타이터스가 건물 안으로 들어섰다. 지금 해야 할 일은 하나뿐. 조금이라도 빨리 인질들을 찾아 수중에 넣는 것이었다.

'언제 놈이 들이닥칠지 모른다!'

그랬다. 지금 타이터스의 머릿속을 잠식하고 있는 공포의 주인은 매카시가 아니었다. 스스로 생각해도 황당한 일이었다.

매카시는 A랭크 뇌전술사. 뉴 텍사스주 내에서도 열 손가락 안에 꼽힐 강자였다. 에메랄드 시타델 내에서도 짝을 찾을 수 없는 강력한 존재. 한데도 타이터스는 그의 분노를 고스란히 받게 된 사내를 더 두려워하고 있었다.

"헉헉. 헉…… 헉!"

타이터스는 사무용 건물 내부를 샅샅이 살폈다. 그렇게 한참을 들쑤시고 나서야 인질들을 보조 제어실로 옮겨두었다는 사실이 떠올랐다.

"빌어먹을!"

타이터스는 헐레벌떡 보조 제어실로 향했다. 그가 닫혀 있는 문을 열고 안으로 들어선 순간, 어둠 속에서 무언가가 번쩍였다.

퍼억!

"크윽!"

불의의 습격에 타이터스가 비틀거렸다. 후두부를 강타당한 까닭인지 눈앞이 자꾸만 번쩍거렸다.

"죽어, 이 개새끼!"

날카로운 여성의 음성이 어둠 속에서 터져 나왔다. 잔뜩 웅크린 타이터스의 몸을 단단한 물체가 연신 두들겼다.

"이…… 빌어먹을 버서커 년!"

"그래, 이 개자식아!"

밀리아는 힘겹게 헐떡이면서도 연신 손에 들린 물체를 휘둘렀다. 주변에 굴러다니던 대걸레 자루였다.

타이터스의 입장에서 다행인 것은 그녀가 아직 제대로 회복되지 않았다는 점.

버서커는커녕 일반 여성만도 못한 근력이었기에 첫 번째 타격을 제외하고는 그다지 치명적이지 않았다. 그렇다고 해서 아프지 않은 것은 아니었지만.

"제기랄!"

타이터스는 병신이 된 기분 속에서 욕을 뱉었다. 마음 같아선 독가스를 숨통에 꽂아버리고 싶었지만 그럴 수는 없었다. 조로아스터의 엄명도 엄명이지만, 이것들이 죽고 나면 인질로서의 가치가 사라질 터였기에.

할 수 없이 엎드린 채로 밀리아의 다리에 태클을 걸었다.

평소라면 꿈쩍도 안 했을 테지만 중상을 입은 밀리아로선 균형을 잡을 수가 없었다.

"이 개 같은 년!"

"죽여 버리겠어!"

한데 뒤엉킨 두 사람이 엎치락뒤치락하며 방 안을 들쑤셨다. 그러나 줄다리기는 그리 길지 않았다. 이러니저러니 해도 상태가 멀쩡한 쪽은 타이터스였기에.

밀리아의 머리채를 움켜쥔 타이터스가 그녀의 머리를 땅에 찍었다.

후두부를 찍힌 밀리아가 순간적으로 꿈틀거렸다.

"아으……."

타이터스는 봐주지 않고 한 번 더 그녀의 머리를 내리찍었다. 팔을 버둥거리던 밀리아의 몸이 축 늘어졌다. 타이터스는 그제야 승자의 미소를 짓고서 일어섰다.

"네년이 암만 날고 기어봤자 내 상대가 될 수 있을 리 없지."

타이터스는 불을 켜고서 주변을 돌아봤다. 또 다른 무리인 그렉과 아티샤는 여전히 인사불성. 밀리아 또한 더 이상은 저항할 기력이 없어 보였다.

"흥."

코웃음을 친 타이터스가 황급히 캐비닛을 뒤졌다. 인질들을 묶을 만한 끈이나 밧줄을 찾기 위함이었다.

그 순간 문짝이 덜컥 열리며 적시운이 들어섰다.

깜짝 놀란 타이터스가 황급히 밀리아를 붙잡아 올렸다.

"다, 다가오지 마라! 조금이라면 다가오면 이년의 목구멍에 가스를 쑤셔 넣겠다!"

"해봐."

일말의 주저도 없이 튀어나오는 대답. 타이터스는 순간적으로 망치에 얻어맞은 기분이 들었다.

"뭐, 뭐라고?"

"할 테면 해보라고. 그 녀석의 목에 가스를 집어넣어 보란 말이다."

"허, 허세 부리지 마라! 네놈이 아무리 무심한 척해도 이것들을 소중히 여기고 있다는 것쯤은 알고 있다!"

"딱히."

적시운이 성큼 한 걸음을 내디뎠다.

놀란 타이터스가 황급히 두세 걸음을 물러났다.

"오지 말라고 했다! 분명히 경고했단 말이다!"

적시운이 다시 한 걸음을 나섰다. 기겁을 한 타이터스가 벽이 있는 곳까지 물러났다.

"오지 마! 제기랄! 오지 말란 말이다!"

"그러지."

거짓말처럼 우뚝 멈춘 적시운이 말했다.

"내가 나설 필요도 없어 보이니."

"뭐라고?"

우직!

"……!"

사타구니 사이로부터 전달된 격통에 타이터스의 눈알이 반쯤 튀어나왔다. 축 늘어져 있던 밀리아가 그의 급소를 움켜쥔 것이다.

"끄…… 아아악!"

처절하기 짝이 없는 비명. 그것을 신호로 널브러져 있던 아티샤와 그렉이 팔을 뻗었다. 타이터스의 양다리를 붙든 두 사람이 합을 맞춰 끌어당기자 타이터스의 몸이 그대로 벌러덩 넘어갔다.

"이익!"

타이터스가 눈물 콧물을 쏟아내는 와중에도 독가스를 살포하려 했다. 그러나 그의 양 손아귀에 희미한 막이 맺혀선 독가스를 차단했다.

'염동력 배리어!'

풍선을 양 손끝에 매단 꼴이 된 타이터스의 몸 위로 밀리아가 올라탔다. 척 봐도 엉망진창인 몰골이었지만 그녀의 입가는 미소를 띠고 있었다.

"조금 전의 보답을 해줘야겠지?"

"자, 잠깐. 이러지 말고 협상을 하자!"

"이 개자식이 협상을 하자는데요, 적시운 님?"

"싫다고 전해."

"그렇다고 하시는데, 개자식아?"

"잠깐! 잠시만 진정하고 일단은 내 말을⋯⋯!"

그새 다가온 적시운이 밀리아에게 뭔가를 내밀었다. 소형 수류탄이었다.

"한나절을 족히 싸워댔으니 놈도 제법 출출할 테지."

"아, 그러네요."

적시운의 말뜻을 알아챈 밀리아가 타이터스의 입에 수류 탄을 물렸다.

경악한 타이터스가 이와 혀로 밀어내려 했으나 밀리아가 온 힘을 다해 쑤셔 넣었다.

그녀가 안전핀과 클립을 뽑아내자 적시운은 타이터스의 얼굴 주위로 배리어를 쳤다.

"우읍! 우읍! 우우우읍!"

콰광!

폭성이 타이터스의 비명을 삼켜 버렸다.

제16장
시작의 땅

1

적시운은 세 부상자를 바깥으로 데리고 나왔다. 밀리아는
그럭저럭 걸을 수 있었으나 나머지 둘은 일어나는 것조차
버거운 상태였다. 결국 적시운의 염동력으로 세 사람을 옮
겼다.

"조금만 기다려."

적시운은 주인 없는 트럭 한 대를 마당에서 찾아냈다. 물
자 운송용이었던 듯 짐칸에 군용 식량을 비롯한 물품이 가득
했다.

대략 덜 중요해 뵈는 물건들을 빼내고서 세 사람을 짐칸에

눕혔다.

"흔들릴 텐데 조금만 참아."

"저희는 괜찮아요, 적시운 님."

"너는 그렇겠지."

적시운은 밀리아를 제외한 나머지 둘, 그렉과 아티샤를 보았다. 2미터에 달하는 아티샤는 그럭저럭 버틸 만해 보였지만 문제는 그렉이었다.

"좀 덜컹거린다고 죽을 일은 없다. 걱정하지 않아도 돼."

퉁명스럽기까지 한 그렉의 대답.

적시운은 픽 웃었다.

"그렇게 말하니 꼭 내가 너희를 엄청 걱정하는 것처럼 느껴지잖아."

"미안하게 됐군."

"그런 말을 하기엔 아직 일러."

적시운이 그렉의 흉부에 손을 얹었다. 순간적으로 움찔하는 그렉. 그러나 얼마 지나지 않아 창백하던 그의 얼굴에 혈색이 감돌았다.

"이건……!"

적시운의 손을 중심으로 따스한 기운이 몸속으로 퍼져 나갔다. 고통이 옅어지며 알 수 없는 활력이 체내에 감돌았다.

이능력은 아니다.

그렉은 본능적으로 직감했다. 그 또한 힐러 역할을 해본 적이 더러 있었다. 변환술사의 능력을 활용, 타인의 생체 조직의 회복력을 일시적으로 상승시키는 방식으로.

그러나 적시운의 기운은 그것과는 달랐다.

'뭐라 설명하기는 어렵지만……'

분명한 것은 몸이 분명하게 나아졌다는 것. 그렉은 한결 편해진 얼굴로 눈을 감았다.

"고맙군. 그 외엔 달리 떠오르는 말이 없다."

"이 정도면 치료받을 때까지 버틸 만하겠지?"

"물론이다. 또다시 신세를 지는군."

"좋아, 그럼."

짐칸에서 내리려는 적시운. 그때 아티샤가 조심스럽게 적시운의 옷깃을 붙들었다.

"저, 저기."

"응?"

"저도 치료해 주시면 안 되나요?"

적시운은 아티샤를 위아래로 훑었다.

"이건 완벽한 치료라기보다는 응급처치에 불과해. 어느 정도 시간을 벌 수는 있어도 본질적인 회복은 어려워. 게다가 네 몸 상태를 보자면 굳이 응급처치가 필요하지 않을 텐데?"

"그렇기는 한데, 그냥 어떤 느낌인지 알고 싶어서요."

아티샤가 장난스럽게 웃었다.

"그렉이 너무 편해 보여서요."

"뭐, 어려울 건 없지만."

내공의 일부를 나눠주기만 하면 되는 일. 어차피 극소량인데다 돌아가는 대로 운기조식을 할 예정인지라 별문제는 없었다. 게다가 아티샤 또한 부상자인 것은 마찬가지. 그렉에비해 낮기는 하다지만 무슨 일이 생길지는 모를 일이었다. 만약을 대비한 보험을 들어두는 것도 나쁘진 않으리라.

"그, 그러면 저도……!"

밀리아가 붉어진 얼굴로 말을 더듬거렸다. 누가 봐도 수줍어하는 모양새였다.

"안 될까요?"

물끄러미 그녀들을 쳐다보던 적시운이 어깨를 으쓱했다.

"기왕 할 거라면 빨리 끝내는 게 낫겠지."

"감사해요."

"감사합니다!"

편안히 눕는 아티샤와 긴장한 듯 몸을 경직시키는 밀리아. 두 사람의 상반된 반응을 보자니 헛웃음이 나올 것 같았다.

"원체 태평한 건지 뭔지……."

적시운은 두 여인의 가슴에 손을 얹었다. 이윽고 천마신공의 기운이 온수에 퍼지는 물감처럼 그녀들의 몸속으로 흘러들었다.

"아."

"으음……."

눈에 띄게 편해지는 얼굴들. 확실히 그렉만큼은 아니더라
도 부상이 상당했던 모양이었다.

한동안 그러고 있으려니 머릿속의 천마가 말을 꺼냈다.

[자네에게도 수하들에 대한 애착이 생겨난 모양이군.]

'무슨 소리야?'

[예전이었다면 저들을 이렇게까지 돌봐주진 않았을 것 아
닌가?]

'그땐 내 코가 석 자였으니까. 내 목적에 방해가 되지 않는
다면, 그리고 충분한 여유만 있다면 이 정도쯤은 못할 것도
없지.'

[저들은 좋은 하수인일세. 신의가 있고 충직하지. 다만 한 가지
문제점이 있네.]

'문제점이라니. 그게 뭔데?'

[약하다는 것이지.]

적시운은 내심 쓴웃음을 지었다. 싱글 B랭크의 변환술사
인 그렉, 더블 B랭크의 버서커인 밀리아. 어디를 가도 약하
다고 얕보일 이들은 아니었다. 아티샤와 헨리에타 또한 마찬
가지. 이능력은 없다지만 그녀들의 전투 능력은 결코 폄하될

수준이 아니었다. 황무지의 기준으로는.

[천마신교가 강대했던 요인의 8할 이상은 본좌일세. 그러나 나머지 이 할의 힘 또한 결코 백도 놈들에 비해 뒤처지진 않았네.]

'한 치의 망설임도 없이 본인이 8할이라 말하는군?'

[사실은 사실이니 어쩌겠는가. 아니, 어쩌면 9할 이상이라 봐야 할지도 모르겠구먼.]

'못 말리겠군.'

고개를 절레절레 젓는 적시운이었지만 딱히 천마의 말에 반박할 마음은 들지 않았다. 그가 보기에도 천마의 힘은 그만큼 강대했었으니.

천마신공을 익힘으로써 어느 정도 눈이 뜨이게 된 지금에야 더 확실히 알게 되었다. 적시운이 맞섰던 상대가 어떠한 괴물이었는지.

'천운이 따랐다고밖에는…….'

적시운과 동행했던 수십 명의 무인은 당대 최강의 고수들이었다. 이미 천마의 손에 목숨을 잃은 무림맹주 남궁원을 제외한 백도무림 최상위의 강자들. 흔히 말하는 권왕이니 검제니 신불이니 하는 작자들을 싹 끌어다 투입시켰던 것이다. 그들 중 한 명만 이 세계에 풀어놓아도 도시 한둘쯤 궤멸시키는 것은 일도 아닐 터.

천마는 그들 모두를 홀로 상대했다. 소수의 수행원이 그의 곁에 있었다고는 하나 별다른 도움은 되지 못했다.

더군다나 백도무림 측엔 적시운이 존재했다. 중원인들에게 있어 염동력은 대적 불가능한 힘. 아는 바가 전혀 없으니 대처할 방안이 전혀 없었다.

이는 천마라 해도 다를 게 없었다. 능력의 문제가 아닌, 환경의 문제랄까.

천마에게 불리할 수밖에 없는 상황.

그럼에도 불구하고 천마는 적시운을 제외한 전원을 몰살시키는 무지막지한 전과를 올렸다.

'만약 천마가 염동력에 대해 조금이라도 알았다면……'

패배하는 쪽은 적시운이었을 것이다. 그렇다 보니 천마의 오만함도 이해가 되었다. 이해가 되는 것과 마뜩잖은 것은 별개의 문제였지만.

'그래서, 뭔가 조언할 만한 거라도 있어?'

[간단하네. 수하들이 약하다면 강하게 만들면 되는 일이지.]

'뭐, 그렇기는 한데…… 일단 조금 뒤에 얘기하자고.'

적시운은 두 여인에게서 손을 떼었다.

"무척…… 기분 좋네요."

"더 해주시면 안 돼요?"

"응, 안 돼."

딱 잘라 대꾸하는 적시운. 두 여인이 아쉬움 가득한 표정을 지었지만 더 칭얼거리지는 않았다.

운전석으로 돌아온 적시운이 트럭을 출발시켰다.

'내 생각이 맞다면, 저 녀석들에게 무공을 가르치라는 건가?'

[그렇다네.]

'천마신공을?'

[아무나 익힐 수 있다면 최강의 무공이라 할 수 있겠나? 천마신공을 익히는 게 허용된 것은 자네뿐일세. 타인에게 억지로 전수하려 해봐야 백이면 백 주화입마로 이어질 것이네.]

'그게 무슨 소리야? 나만 익힐 수 있다니.'

[본좌가 자네에게 격체신진술을 펼쳤던 것, 기억하는가?]

'그래.'

정보와 기억, 그리고 의식의 파편까지 전달하는 수법. 그로 인해 적시운은 천마신공의 구결을 머릿속에 각인할 수 있었다. 불청객이 머리 한구석에 자리 잡은 것은 예상치 못한 일이었지만.

[격체신진술은 본디 금지된 사술일세. 목숨을 대가로 기억과 정보를 전달하는 동시에 정보를 받게 될 자의 체질 또한 변화시키지.]

'체질이라고?'

[그렇다네.]

'잠깐. 그렇다는 건······.'

[무공의 단련에 있어 체질이란 그 어떤 자질보다도 중요한 것이네. 태음의 기질을 타고난 자가 양의 성질을 지닌 무공을 익히려 해봐야 심마에 걸릴 뿐이니.]

'그래서 당신이 내 체질 또한 변화시켰다는 거야?'

[음, 자네가 무공을 익힌 적 없는 백지 같은 육체였다는 게 다행이었지. 저잣거리의 싸구려 무공이라도 익혔더라면 본좌라 하여도 실패했을지 모를 일이네.]

'으음.'

적시운은 떨떠름한 침음을 흘렸다.

사실 천마 습격이 있기 전, 적시운은 소림의 무승들에게 부탁해 간단한 무공이나마 익혀볼까 생각했었다.

'너무 오래 걸리고 어려워 보여서 관두긴 했지만······ 이제 보니 그때 관둔 게 내 목숨을 살린 셈인 건가.'

[의외로군. 자네가 그리 쉽게 포기하는 성격은 아니라고 보는데.]

'제대로 된 주먹질 한 번 하는 데에 족히 십 년은 걸린다잖아. 그래서야 어느 세월에 집으로 돌아갈 수 있겠어?'

[그건 그렇구먼.]

'어쨌든 저 녀석들에게 천마신공을 가르치는 건 불가능하다는 얘기군.'

[그렇다네. 자네가 본좌처럼 죽음을 각오한다면 또 모르겠지만…….]

'그럴 일은 절대 없어.'

적시운은 딱 잘라 말했다.

'무슨 일이 있어도 죽지는 않을 거다. 그 무엇보다도 중요한 것은 나 자신이야.'

[흠, 세상에는 목숨보다도 소중한 것들이 있다고들 하지 않나?]

트럭은 이제 2차 터렛밭이 있던 장소에 다다랐다.

'누구에게나 세상은 자기 자신을 중심으로 구성되어 있어. 당장 내가 가족들에게로 돌아가고자 하는 것은 그들이 나의 가족이기 때문인 거잖아? 타인의 가족이 아니라.'

[그렇기는 하지.]

'타인을 위한 삶을 살아가는 자들을 폄하할 생각은 없어. 오히려 그들은 존경받아 마땅하지. 가장 중요한 것을 내려놓을 줄 아는 사람들이니.'

[하지만 그들처럼 살지는 않겠다는 건가?]

'그래. 난 어디까지나 나 자신을 위해 살아갈 거다.'

[다행이로군.]

천마는 투명한 미소를 지었다.

[자네가 생각한 것보다도 본좌의 후계자다워서.]

'대체 누가 누구의 후계자라는 거야?'

[자네가, 본좌의.]

'……말을 말아야겠군.'

끼이익.

트럭이 정지했다. 적시운은 운전석에서 내려서 주변을 살폈다.

[뭐, 찾아야 할 물건이라도 있는가?]

'그래. 물건은 아니고 사람이지만.'

[흠.]

적시운은 기감을 펼쳤다. 어렵잖게 생명체의 존재가 감지되었다.

그때 짐칸에서 내린 밀리아가 다가왔다.

"뭐 문제라도 생겼나요?"

"아니, 별일 아니니까 들어가서 쉬어."

"전 이제 괜찮아요. 적시운 님 덕분에요."

"아까도 말했지만 내가 한 건 치료가 아냐. 일시적으로 기운을 북돋아준 거지. 괜히 나중에 후회하지 말고 들어가 누워 있어."

"저, 정말로 괜찮아요. 예전부터 몸 하나는 튼튼했거든요."

적시운은 더 설득하려 들지 않았다.

"좋을 대로 해, 그럼."

"헤헤."

멋쩍게 웃은 밀리아가 적시운을 뒤따랐다. 적시운에게 단 일격에 패배한 이후로 완전히 바뀌어버린 그녀였다. 으르렁거리던 야생 들개가 꼬리를 살랑대는 애완견으로 변해버린 듯했다.

"그런데…… 뭘 찾으시려는 건가요?"

"사람 하나."

"저항군 병사인가요?"

"아니."

잠시 침묵하던 적시운이 덧붙였다.

"시타델 요원이다."

2

살랑거리던 밀리아의 낯빛이 삽시간에 달라졌다.

"시타델의 잔당들이 아직 남아 있나요?"

"달아난 병사가 몇 명 있긴 하지. 살아 있는 요원은 그놈 뿐일 테지만."

"제가 숨통을 끊어도 될까요?"

밀리아는 살기등등한 얼굴이었다.

"놈들 중 하나가 제 얼굴에 침을 뱉고 저와 동료들을 모욕했어요. 그 빚을 갚고 싶어요."

"이해는 하지만, 그 녀석이 너희를 모욕했을 것 같지는 않은데."

"찾으신다는 그 요원과 잘 아는 사이신가요?"

"그렇진 않아. 한 번 대면해 봤을 뿐이니."

어깨를 으쓱한 적시운이 말했다.

"일단 놈의 상태를 보고 나서 얘기하지. 재수 없으면 너나 내가 손대기 전에 숨통이 끊어질지도 모르니."

"알겠어요, 적시운 님."

폐허 사이를 그다지 오래 걸을 필요도 없었다. 적시운은 얼마 지나지 않아 쓰러져 있는 요원의 거체를 발견했다. 고릴라 폼 웨어비스트, 올리버는 적시운에게 떠밀린 자세 그대로 쓰러져 있었다.

"저 남자는……!"

"아는 사이야?"

"네, 약간은……."

밀리아는 복잡한 심경이 드러나는 얼굴로 올리버를 바라봤다. 한마디로 단정 짓기는 어려워도 복수심과는 꽤나 거리가 먼 감정 같았다.

"다른 요원들과 같은 쓰레기는 아니라고 생각해요. 그렇다 해도 결국은 시타델의 끄나풀이겠지만요."

"그럴지도. 혹은 아닐 수도 있고."

"저자를 살릴 생각이신가요?"

"우리도 인질 하나 정도 잡아둬서 나쁠 건 없잖아? 여차하면 제압하면 그만이고."

적시운은 올리버에게 다가가 몸을 살폈다. 구태여 말할 것도 없이 몸 전체가 엉망진창이었다. 밀리아를 일격에 격침시켰던 강격을 수차례나 받아냈으니 당연한 결과였다.

그럼에도 불구하고 가까스로 호흡을 유지하는 중. 초인적이다 못해 초생물적인 생명력이었다.

"운도 좋은 놈일세."

[그게 행운일지 악운일지는 모르겠지만 말이지.]

적시운은 올리버의 몸에도 미량의 내공을 주입했다. 이대로 옮겨도 문제는 없겠지만, 되도록 빨리 깨어나는 편이 좋았기 때문이다.

'몇 가지 물어볼 것도 있고.'

밀리아는 걱정스러운 눈으로 적시운을 바라보고 있었다.

"놈이 깨어날까 봐 두려워?"

"약간은요. 사실, 그자와 한판 붙어봤었거든요."

"깨졌겠군."

"……네, 인정하기는 싫지만요. 그래도 공정한 싸움은 아니었어요. 제 몸 상태가 엉망진창이었으니까요."

적시운은 피식 웃었다.

"결국 네 몸을 엉망진창으로 만든 내 잘못이라는 거네."

"그, 그럴 리가요! 괜한 고집을 부린 제 잘못이죠."

황급히 손사래를 친 밀리아가 시선을 피하듯 고개를 돌렸다.

"어쨌든…… 몸 상태가 나아지면 다시 붙고 싶기는 해요. 완벽한 컨디션에서 붙는다면 저번처럼 허망하게 패하지는 않을 자신이 있어요."

"이길 자신은?"

"……지금은 힘들겠죠. 그래도 언젠가는."

두 눈을 빛내며 다짐하는 밀리아. 고개를 끄덕인 적시운이 올리버를 짐칸으로 옮겼다.

"으음."

눈을 뜬 클라리스가 가장 먼저 본 것은 방수포로 이루어진 천장이었다. 연신 덜컹거리며 흔들리는 공간. 등허리에 와 닿는 차갑고 딱딱한 감촉이 현실감을 불러왔다.

주행 중인 트럭의 짐칸.

"깨어났어요?"

운전석 쪽에서 낭랑한 여인의 음성이 들렸다. 클라리스는 어렵잖게 그 목소리를 기억해 냈다.

"사이좋게 천국에 온 게 아니라면, 우리 둘 다 살아남은 모양이네요."

"뭐, 그렇죠."

"도망치는 중인가요?"

"그랬으면 좋겠어요?"

잠시 생각하던 클라리스는 쓴웃음을 지었다.

"아뇨, 그렇지 않으면 좋겠어요."

"실망시키지 않게 되어서 다행이네요."

"그러면……?"

"적시운에게 감사하도록 해요. 그가 매카시를 쓰러뜨리고 상황을 종결지었으니."

클라리스는 고개를 돌려 주변을 돌아봤다. 온통 무기와 탄약으로 가득 찬 곳에 그녀 홀로 덩그러니 놓여 있었다.

숨 쉬는 존재는 자기 하나뿐인 공간. 그 사실을 자각하니 정신을 잃기 전의 상황이 새삼 떠올랐다.

"적시운은, 그는 어디에 있죠?"

"하수처리장으로 향했어요. 우리는 먼저 이동하기로 했고요. 아마도 금방 뒤따라올 거예요."

"목적지가 있는 건가요?"

"일단은 작센 씨의 가게에 의탁해 봐야겠죠. 적시운도 있고 당신도 있으니 괜찮지 않을까 싶은데요."

"그렇군요."

클라리스는 눈을 감았다.

"피곤해서 그런데 잠시만 눈 좀 붙일게요. 가게에 도착하면 깨워주시겠어요?"

이렇게 흔들리는 환경에서 제대로 잠을 잘 수가 있을까.

그런 의문이 들었지만 헨리에타는 입 밖으로 꺼내지 않았다. 잠은 핑계일 뿐, 그녀는 그저 대화를 끝내고 싶어 할 뿐이라는 사실을 알고 있기 때문이었다.

"그러죠. 편히 쉬세요."

"고마워요."

대화가 끊기자 트럭이 덜컹대는 소리가 한층 커진 듯했다. 그 사이로 흐느끼는 듯한 소리가 들려왔지만 헨리에타는 애써 모른 척했다.

적시운의 트럭은 얼마 지나지 않아 헨리에타의 트럭을 따라잡았다. 두 대의 트럭은 검문소를 얼마 앞두지 않은 지점에서 정지했다. 부상자들은 눕혀둔 채 적시운과 헨리에타만이 트럭에서 내려섰다.

"우리가 뚫고 왔던 검문소와 병력 규모는 비슷한 모양이야."

"병사 숫자만 제외하면 동일해."

"아, 그래? 그럼 이제 어쩌지? 들어왔을 때처럼 그대로 뚫고 나갈까?"

하층민 구역으로 들어설 때 지나쳤던 곳과는 다른 검문소였다. 그런 까닭에 방어 병력이 고스란히 남아 있었다.

'우리가 박살 낸 곳도 지금쯤 병력 충원이 완료되었겠지만.'

어쨌든 그대로 뚫고 나가는 것은 꺼려졌다. 검문소 병력자체를 상대하는 것이야 괜찮았지만, 그 이후가 문제였다.

'추격이라도 붙으면 성가셔진다.'

안 그래도 혹을 주렁주렁 달고 있는 입장. 되도록 조용히통과하는 편이 나을 터였다.

"일단은 하층민 구역으로 향하는 것도 한 방편이 될 수 있다고 보는데, 어떻게 생각해? 그곳에서 며칠 동안 상황이 잠잠해지길 기다려도 되지 않겠어?"

헨리에타가 의견을 꺼냈다. 현재로서는 정석이라 할 수 있을 행보였다. 그렇기에 적시운으로선 도리어 꺼려지는 것이었다.

"조로아스터도 비슷하게 생각하고 있겠지. 아마도 오늘이후 하층민 구역은 전쟁터로 변할 거야."

"전쟁터……."

"현상금에 눈먼 사냥꾼들이든, 조로아스터의 명령을 받는 병사들이든 너 나 할 것 없이 그곳으로 몰려들 테니까."

"하층민들도 일확천금을 노리고서 인간 사냥에 끼어들 테고?"

"그래."

"확실히 당신 말이 옳은 것 같네. 역시 작센 씨에게 가는 게 안전할지도."

조로아스터가 어디까지 알고 있는지는 모른다.

작센의 곁이 정말로 안전할까? 어쩌면 조로아스터가 적시운의 계산까지 꿰뚫어 볼지도 모를 일이었다. 하지만 최소한 현재로선 더 좋은 곳이 떠오르지 않는 게 사실이었다.

"뭐, 최악의 경우라 해도 하층민 구역에서 싸우는 것보단 유리할 테지."

하층민 구역은 무법지대. 그곳에 터를 잡고 살아가는 인간들 또한 소모품에 불과했다. 언제 어떤 방식으로 죽든 시타델이 콧방귀조차 뀌지 않을.

그러나 도시 내부라면 사정이 달라진다. 귀족이나 1등 시민은 물론이요, 일반인들 또한 엄연한 도시의 일원이었다. 죽든 말든 알 바 아닌 하층민들과는 목숨의 무게부터가 다른 것이다. 조로아스터로선 도시 내에서의 전투를 최대한 피해야만 할 터였다.

전투가 벌어질 경우에도 마찬가지. 이것저것 신경 써야 할 게 많아진다. 매카시 무리가 하수처리장에 자리 잡게 된 데엔 그런 이유 또한 한몫을 했으리라.

그것을 감안한다면 어떻게든 도시 내부로 진입하는 편이 적시운으로선 좋았다.

'문제는 어떻게 검문소를 통과하느냐는 건데.'

적시운이 고민하는 사이 밀리아가 짐칸 밖으로 얼굴을 내밀었다.

"저기, 적시운 님?"

"왜 그래?"

"웨어비스트가 정신을 차린 모양이에요."

적시운은 짐칸으로 들어섰다. 올리버는 힘겹게 눈을 뜨고서 주변을 살피는 중이었다. 고개를 까딱할 힘조차도 없는 듯, 두 눈동자만이 바쁘게 좌우를 훑었다.

"확실히 튼튼하긴 하군. 이렇게나 빨리 깨어날 거라고는 생각하지 못했는데."

"여, 여기는……."

"내 트럭 안이다. 반나절 전까지만 해도 너희 트럭이었지만."

"그렇다는 건……."

그 대답만으로도 상황을 파악한 듯 올리버가 지그시 눈을 감았다.

"매카시가 패배했다는 뜻이로군."

"그래."

"그리 놀랍지는 않다. 너와 싸울 때 어느 정도 실감했지. 이 사내라면 매카시를 상대로도 승산이 있을 거라고."

"깨어나자마자 아부하는 건가?"

"나는 환심을 사기 위해 아첨 따위를 하는 성격이 아니다. 지금 이것도 그저 있는 그대로의 사실을 말했을 뿐이다."

"뭐, 그건 그렇다 치고…… 이제 어쩔 생각이지? 동료들의 원수라도 갚을 생각인가?"

올리버는 쓴웃음을 머금었다.

"주제도 모를 만큼 염치가 없지는 않다. 그때 네가 마음을 조금만 독하게 먹었어도 내가 지금 숨을 쉬고 있지는 못했을 테지."

"뭐, 그건 그렇지."

"패배한 전사에게 무슨 자격이 있을까. 내 목숨은 너의 것이니 좋을 대로 해라."

"흠."

적시운은 미간을 살짝 찡그렸다.

이런 22세기의 북미 대륙과는 어울리지 않는 고지식하기 짝이 없는 성격이라니.

'한데…… 그런 것만도 아닌 것 같군.'

옆을 힐끔 보니 밀리아가 두 눈을 반짝반짝 빛내고 있었다.

"당신…… 꽤나 괜찮은 사내인걸?"

"흠, 그때 그 버서커 아가씨인가."

"그래, 그때의 빚은 언제고 꼭 갚고야 말겠어."

"기쁜 마음으로 기다리지. 내게 그럴 기회가 있다면."

"이참에 항복하는 게 어때? 빌어먹을 시타델 놈들한테는 그만 붙어먹고 말이야."

"내가 패배한 시점에서 나의 운명은 저 사내에게 넘어간 것이나 다름없다."

적시운은 팔짱을 꼈다.

"그 말, 내가 하라는 건 뭐든 할 수 있다는 뜻으로 받아들여도 되겠지?"

"내 목숨은 너의 것이다."

"흠."

좋게 말하면 강직한 것이고 나쁘게 말하면 고리타분한 성격. 확실히 황무지와는 더없이 어울리지 않는 성품이었다.

'그래도…… 부려먹기엔 제격인 성격이군.'

동료로 둔다면 답답할 테지만 수하로 둔다면 이만한 걸물도 없을 터였다.

"좋아, 네가 말한 것처럼 네 목숨을 비롯한 모든 것은 지금부터 내 것이다. 죽을 때도 내 명령에 죽고 살 때도 내 명령에 살아라."

"……그러지요, 주군."

절로 공손해지는 어조와 호칭. 조금 어색하긴 했지만 그냥 내버려 두기로 했다. 수하로 거둔 상대한테 하대를 받는 것도 웃긴 일이었고.

"좋아, 그럼 이게 첫 번째 명령이 되겠군."

적시운은 올리버의 어깨에 손을 얹었다. 아까 전보다도 많은 양의 내력이 올리버의 몸으로 흘러들었다.

"이건……!"

올리버가 경악에 찬 눈으로 적시운을 바라봤다.

몸속으로 스며드는 이 활기와 힘은 대체 뭐란 말인가?

"이제 어느 정도 걸을 수는 있겠지? 안 그래도 튼튼한 몸뚱이니 말이야."

"예, 예. 그렇습니다."

"좋아."

적시운은 올리버를 데리고 짐칸 밖으로 향했다.

"저 검문소를 통과해야 해. 우리끼리만이라면 의심을 사기 딱 좋지만, 특무요원인 네가 있다면 얘기가 달라질 테지."

적시운의 말뜻을 알아챈 올리버가 고개를 끄덕였다.

"제게 맡겨주십시오."

하수처리장 전투가 발발한 뒤로 반나절이 채 지나지 않은 시점. 아직 전황이 어떤지 제대로 알려지지도 않은 상태였다.

"특무부 요원 올리버 트로퍼다. 물자 공수를 위해 이곳을 통과하려 한다. 수색 절차는 생략해도 되겠지?"

"하지만 올리버 요원, 상부에서 모든 차량의 수색을 철저히 하도록 명령을 하달했습니다."

"그래서, 특무요원이 이끄는 차량을 수색하겠다는 건가?"

"그것은……."

"한시가 바쁜 상황이다. 바로 통과하겠다. 불만이 있다면 특무부에 정식으로 항의 문헌을 제출하도록."

일개 검문소 경비에게 그런 게 가능할 리 없었다. 두 대의 트럭은 아무런 검사도 받지 않고서 검문소를 통과했다.

일행은 어렵잖게 암흑가로 진입, 작센의 가게로 향했다.

끼익.

적시운이 문을 열고 들어섰을 때, 작센은 가게 안에 홀로 남아 있었다.

"아직 전투 중일 거라 생각했소만, 보아하니 이미 결착이 난 모양이구려."

"그래. 조로아스터는 당분간 골치 좀 아프게 되겠지."

적시운의 뒤로 부상자들이 딸려 들어왔다. 클라리스의 얼굴을 본 작센의 눈빛이 순간 희미하게 떨렸다.

"다들 보이는 것보다 상태가 훨씬 안 좋아. 입원시켜야 할 것 같은데, 방법이 있겠어?"

"……알고 있는 병원이 하나 있소. 그곳에 입원시키면 될 거요."

"시타델 측에 발각될 가능성은 없고?"

"그건 걱정하지 않아도 되오. 그 병원부터가 무허가 기관이니."

적시운과 헨리에타를 제외한 전원이 병원으로 옮겨졌다. 작센은 트럭들을 창고로 옮기고서 가게 문을 완전히 폐쇄했다.

"시타델 특무부는 사실상 궤멸됐군. 귀하를 처음 봤을 때에는 상황이 이렇게까지 진행될 줄은 상상도 못 했소."

"나도 그래. 이 도시와 언젠가는 충돌하게 될 것 같긴 했지만."

"그래, 이제부터는 어떻게 할 생각이오?"

"조로아스터의 반응에 달린 문제이긴 하지만, 아마도 평화로운 결말을 기대하긴 어렵겠지."

"그럴 거요. 사소한 충돌도 아니고, 이유야 어찌 됐든 시타넬의 칼날과도 같은 특무부를 궤멸시켜 버렸으니."

"그런데 당신은 여전히 중립을 지킬 건가?"

작센은 한동안 침묵했다. 클라리스의 뒤를 봐주던 시점부터 이미 중립과는 한참 멀어진 그였다. 그래도 지금까진 겉으로나마 중립을 표방해 왔었다. 하지만 앞으로는 쉽지 않을 터. 작센은 나직이 한숨을 쉬었다.

"클라리스가 얘기했는지는 모르겠지만, 본디 나 또한 레지스탕스 소속이었소."

"얘기를 듣지는 않았어. 어느 정도 예상은 했지만. 그럼 김은혜와도 아는 사이인가?"

"그리운 이름이로군. 그렇소. 그녀와는 사업 관계였지."

"지금의 나처럼?"

"그렇소. 나는 그녀에게 물자와 정보를 제공했고, 그녀는 내게 북미 제국의 내부 기밀을 제공해 주었지. 덕분에 꽤나 쏠쏠한 이득을 봤소."

"철두철미하게 이윤을 따라 움직인다는 거군."

"그렇소. 지금도 마찬가지. 귀하를 돕는 쪽이 이익이라 판단했기에 도울 뿐이오. 미안하지만 그 이상의 관계를 기대하진 말아주시오."

"그 말을 뒤집자면, 나를 배신하는 쪽이 이득이라면 충분히 그럴 수도 있다는 건가?"

"나는 고객을 배신해 본 적이 없소. 적어도 그 고객이 고객으로서 존재하는 한은."

"물주로서의 가치가 있는 한은 배반하지 않는다, 그건가?"

"그렇소."

"좋아. 그럼 고객으로서 요청하지. 당분간 몸을 숨길 아지트가 필요해. 수배할 수 있겠어?"

"월세가 20만 엠파이어달러쯤 되는 저택이 하나 있소. 공권력의 사각지대에 위치한 곳이라 몸을 숨기기엔 안성맞춤이오."

"그곳으로 하지. 비용은 계좌에서 까."

"그러리다."

작센이 자리에서 일어났다. 창고로 향하려던 그가 잠시 멈칫하여 적시운을 돌아봤다.

"한데…… 매카시를 대체 어떻게 쓰러뜨린 것이오?"

적시운은 피식 웃었다.

"상상에 맡기지."

조로아스터가 하수처리장 전투의 진상을 알게 된 것은 그날 밤의 일이었다.

전장이 된 곳은 두 곳. 알파 터렛 필드와 베타 터렛 필드, 이른바 1차 및 2차 터렛밭이었다.

그중에서도 주요 전장이라 할 만한 곳은 전자. 대부분의 병력이 1차 터렛밭 근처에서 사망했다. 적군인 저항군은 물론이요, 아군인 요원들과 정규군까지.

매카시의 시신은 그중에서도 특히나 처참했다. 형체를 알아볼 수 없을 정도로 박살 난 것은 물론, 체액이란 체액이 모조리 증발하여 미이라처럼 말라 버린 상태였다.

사인을 추측하기조차 어려운 몰골. 대체 어떤 병기를 동원한 것인지조차 가늠할 수 없었다.

분명한 것은 한 가지. 시타델 측이 패배했다는 사실이었다.

"……이상의 내용은 엄중히 비밀에 부칠 생각입니다. 이미 수하들의 입막음을 철저히 해두었습니다."

어두운 방 안.

조로아스터의 음성만이 건조하게 퍼지고 있었다.

"그와 별개로 적시운의 1등 시민 자격은 유지할 생각입니다. 별도의 지명수배 또한 당장은 실시하지 않을 계획입니다."

매카시의 사인은 마수 사냥 중의 사고. 이미 그렇게 이야기가 퍼지게끔 밑밥을 깔아두었다. 진실이 밝혀졌다간 그 후폭풍이 이래저래 큰 게 아닐 것이기 때문이었다.

뉴 텍사스주 제일의 도시. 그러한 시타델을 지금껏 유지해

온 것은 강력한 힘이었다. 마수들은 물론이요, 기타 세력의 도전에도 흔들림이 없었기에 수많은 물자와 지원을 시타델이 독점할 수 있었다.

만약 그 대전제가 흔들리게 된다면?

당장 귀족들의 지원이 끊김은 물론, 시민들의 불안 또한 가중될 것이다. 물론 그중에서도 문제가 되는 건 전자였다.

'게다가……'

매카시가 죽어버린 이상, 그 대체재를 어떻게든 찾을 수밖에 없었다. 그리고 멀리 갈 것도 없이 바로 눈앞에 대체재가 놓여 있었고.

다만 문제라면 역시 오스카 백작의 의중. 어찌 됐거나 적시운이 시타델의 병력을 박살 낸 것은 사실이다. 게다가 저항군이 그를 지원했다는 정황 증거까지 존재했다.

시타델을 적대한다는 것은 곧 백작을 적대한다는 것. 오스카 백작으로서는 충분히 적시운에 대한 말살령을 내릴 수 있는 상황이었다.

ㅡ보아하니.

백작의 음성이 스피커를 통해 흘러나왔다.

ㅡ너는 놈을 되도록 죽이지 않았으면 하는 눈치로군, 조로아스터.

"그렇습니다, 각하."

조로아스터는 솔직하게 대답했다.

"자세한 정황은 파악되지 않았으나, 적시운이 매카시를 쓰러뜨린 것만은 분명합니다. 다시 말해, 매카시가 지니고 있던 시타델 최강의 자리를 그가 쟁취한 셈입니다."

—내 병사들과 내 요원들을 몰살시켜 가면서 말이지.

"그들의 희생은 분명 뼈아픈 일입니다만, 이 사태를 초래한 것은 매카시의 독선과 오만임을 간과해선 안 됩니다."

—나를 가르치려 드는가?

"그, 그렇지 않습니다. 제가 실언을 했습니다. 부디 용서해 주시길."

—너를 용서하마. 하지만 그 동양 놈은 역시 용서하고 싶지는 않군.

시타델의 법조차도 초월하는 것이 백작의 의지. 이렇게까지 백작이 단호하게 나온다면 조로아스터로서도 별다른 방법이 없었다.

"알겠습니다. 하면 적시운의 1등 시민 자격을 박탈한 후 지명수배를 실시하겠습니다."

—잠시 기다려라.

조로아스터는 백작의 명령을 따라 침묵했다.

제법 긴 시간의 고요 끝에 오스카 백작이 운을 뗐다.

—지명수배를 내리지 않을 경우, 놈을 붙잡거나 접촉할 계

획은 있나?

"전투가 발발했던 날, 오후 5시경에 검문소 하나를 특무부 요원이 통과했다는 기록이 있습니다. 기록에 따르면 1급 요원인 올리버 트로퍼였습니다."

－올리버 트로퍼?

"요원 중 유일한 웨어비스트입니다. 육체 강화 능력자의 일종으로⋯⋯."

－웨어비스트에 대해선 나 또한 잘 알고 있다.

"예, 각하."

－어쨌든 계속해 봐라.

"예, 매카시의 부검 결과에 따르면 올리버가 검문소를 통과한 시점은 매카시가 사망한 이후입니다."

－흠⋯⋯.

"그리고 검문소를 통과한 직후, 올리버의 행적이 묘연해 졌습니다. 물론 본부로 복귀하지도 않았고 말입니다."

－검문소를 빠져나가자마자 행방불명이 되었다는 건가?

"그렇습니다. 개인적으로는 둘 중의 하나라고 추측하고 있습니다. 다른 누군가가 올리버의 행세를 했거나⋯⋯."

－놈이 배신하고서 적에게 붙었거나.

"예, 검문소 측 기록에 따르면 올리버는 두 대의 트럭을 몰고 있었다고 합니다."

-내부 수색은 실시했나?

"올리버가 비상 상황이라는 미명하에 수색을 거부했다고 합니다."

-머저리 같은 놈들.

"안 그래도 관계자들을 모조리 엄중히 처벌하였습니다."

-어쨌든 정황상 놈이 하층민 구역에 숨어버렸을 확률보다는 도시 안으로 숨어들었을 확률이 높아 보이는군.

"예, 물론 전자의 가능성도 배제하지는 않고 있습니다."

-어느 쪽이 되었든 제법 영악한 놈이군. 그 적시운이라는 놈.

"그렇습니다."

오스카 백작은 생각에 잠긴 듯 한동안 아무 말도 꺼내지 않았다.

-……좋다. 일단은 네 생각대로 해보지. 그냥 없애 버리기엔 재능이 아까운 녀석이니.

"하면……."

-네 생각대로 한번 해봐라. 내 신뢰에 상응하는 결과를 가져와야 할 것이다.

조로아스터는 마른침을 삼켰다.

"알겠습니다, 각하."

-내가 놈에게서 필요로 하는 것은 절대적인 충성이다.

이미 놈은 수차례나 내 심기를 건드렸어. 더 이상은 봐줄 수 없다.

"물론입니다. 충성하지 않겠다고 한다면 수단과 방법을 가리지 않고 격멸할 따름입니다."

─그리고 너 또한 명심해야 할 것이다.

백작의 음성이 스산하게 울렸다.

─나를 또다시 실망시켜선 안 되리라는 사실을.

"……마음속 깊이 명심하겠습니다, 각하."

백작과의 통신이 끊어졌다. 조로아스터는 팽팽하던 긴장의 끈이 풀리는 것을 느끼며 의자에 몸을 파묻었다.

"후우."

물리적으로 맞닿아 있지 않은 무선통신. 얼굴이 보이는 것도 아닌데, 조로아스터는 백작의 눈길을 바로 앞에서 받은 것만 같은 기분이었다.

시타델의 심장부에 위치한 70층짜리 고층 빌딩인 스트롱홀드. 오스카 백작은 그 최상위의 스무 층 전부를 자신의 저택으로 삼고 있었다. 일상적인 보고 및 알현은 통신을 통하여 이루어진다. 백작의 심복인 조로아스터조차도 백작의 얼굴을 그리 자주 보지는 못했다.

심복조차 이럴 정도니, 그 아래의 수하들은 말할 것도 없는 일. 때문에 보이지 않는 지배자에 대한 긴장감이 수하들의 뼛속에까지 각인되어 있었다.

아마도 이는 오스카 백작 나름의 계산일 터였다. 보이지 않는 것에 대한 인간의 공포심을 이용한 계산 말이다.

덕분에 조로아스터는 발등에 불이 떨어진 기분이었다.

"적시운……."

조로아스터는 그 이름을 입속으로 되뇌어 보았다. 독대한 것은 단 한 번뿐이지만, 도저히 그 얼굴이 뇌리에서 잊히질 않았다.

"그러나 제멋대로 날뛰는 것도 여기까지다."

4

"살긴 살았구나."

천장을 향해 손을 뻗은 채 밀리아가 중얼거렸다. 형광등의 빛살이 손가락 사이로 새어 들어와 그녀의 눈을 간질였다.

"그나저나 당신, 되게 웃기던데."

미묘한 침묵. 상대방이 아무 반응도 보이지 않자 밀리아가 고개를 살짝 들었다.

"저기요? 안 자고 있는 거 다 알고 있거든?"

"……뭔가."

"당신 참 웃기더라고 말했잖아."

"무엇이 웃겼다는 거지?"

"그게 좀 그렇잖아. 다짜고짜 주군이라고 부르다니 말이야."

더블 사이즈 침대마저 좁아 보이게 만드는 거구의 사내,
올리버가 미간을 살짝 찡그렸다.

"그렇게나 이상해 보였나?"

"응, 주군이란 표현 자체도 낡아빠졌고, 무엇보다 손바닥
뒤집듯이 쉽게 마음을 바꾼 것처럼 보이잖아. 줏대도 없이
말이야."

그렉이나 헨리에타가 있었다면 사돈 남 말 한다며 핀잔이
라도 주었을 것이다. 하지만 방 안엔 두 사람뿐이었다. 밀리
아도 올리버 못지않게 덩치가 큰 탓에 방 안에다 침대를 셋
이상 둘 수가 없었던 까닭이다. 때문에 아티샤와 그렉은 다
른 방에 입실한 상태였다.

"그렇게 보일 수도 있겠군. 하지만 그때의 나는 진심이
었다."

"시타델에 대한 충성심이 꽤나 깊은 것처럼 보였었는데?"

"나는 이 도시를 사랑한다."

잠시 침묵하던 올리버가 말을 이었다.

"하지만 이 도시가 부패해 있다는 것 역시 인정한다. 매카
시는 그 썩은 환부에서 바깥으로 비어져 나온 고름과도 같
았지."

"윽, 비유를 해도 꼭……."

"비위가 상했다면 미안하군. 하지만 그 이상의 표현은 생각하지 못하겠다."

"매카시는 그렇다 쳐도, 조로아스터는 그렇게까지 쓰레기는 아니지 않아?"

"매카시에 비하자면 그럴 테지. 하지만……."

"하지만, 뭔데?"

올리버는 착잡한 얼굴로 천장을 응시했다.

"그 매카시를 중용하고 묵인한 것은 조로아스터지. 어찌 보면 매카시는 그저 더러운 일을 대신 처리하기 위한 수단에 불과했을지도 모른다."

"흐음."

"그리고 무엇보다도 나는 적시운이란 사내에게 패배했다. 그 시점에서 내 목숨은 그의 것이나 마찬가지가 된 셈이지. 아마 너도 비슷한 입장이라고 생각하는데."

"어, 음. 어느 정도는. 그분이 우리 일행의 목숨을 구해준 게 두 번은 되니까. 아니지, 이번 일까지 포함하면 세 번이겠구나."

"나는 태어나서 단 한 번도 패배해 본 적이 없다. 매카시처럼 나보다 강한 이들도 존재하긴 하지만 목숨을 걸고 싸워 본 적은 없지. 하물며 근접전에서라면 말할 것도 없고."

"그리고 그분한테 한 방에 깨졌지?"

"한 방은 아니었다. 별다른 차이는 없다고 보지만."

"……몇 방 맞고 깨졌는데?"

"자세히는 기억나지 않는다. 그것보다, 그건 별로 중요한 얘기가 아닌 것 같군."

"쳇."

잠시 의아한 얼굴로 밀리아를 쳐다보던 올리버가 말을 돌렸다.

"어쨌거나 그는 나를 충분히 죽일 수 있음에도 그러지 않았다. 어떻게 보면 나 또한 그에게 목숨을 구원받은 셈이지."

"꽤나 구닥다리 냄새나는 사고관이네."

"……."

"하여간 주군 소리는 집어치워. 그냥 적시운 님이면 충분하니까. 솔직히 듣는 입장에서도 낯간지러울걸?"

"그런가. 알겠다."

"그런데……."

다시금 천장을 올려다본 밀리아가 한숨을 쉬었다.

"매카시를 해치웠으니 도시 전체와 맞붙게 된 셈인데, 괜찮으려나 모르겠네."

"시타델 정규군은 대략 2천 명이다. 기간틱 아머의 숫자는 200기에 달하고, 그중 A급만 해도 30기는 족히 된다."

"그거, 싸우면 승산이 없다는 소리지?"

"S랭크 이상의 이능력자가 아닌 이상은."

S랭크. 너무나 아득하여 현실 감각이 사라질 것 같은 등급이었다.

매카시 같은 A랭크만 해도 한 주에 두 자릿수가 존재하지 않는다. 그 이상인 더블 A, 트리플 A까지 가면 인간이 아닌 신화 속 존재 취급을 받을 정도였다.

하물며 그것마저 초월한 존재인 S랭크 이능력자라면 말할 것도 없는 일. 인간이 아닌 초월자라 불려도 이상할 게 없었다.

"그 S랭크 이능력자 말인데, 실제로 존재하긴 하는 거야?"

"물론이다. 5인의 그랜드 마스터에 대해선 너도 알고 있을 텐데?"

"알고는 있지만……."

밀리아는 미묘하다는 반응이었다.

"소문이나 풍문만 무성하지 실체는 모호한 느낌이던데. 그거 대외 선전용 허수아비들 아니었어?"

"아니다."

"꼭 직접 보기라도 한 것처럼 말하네?"

올리버는 침묵으로써 대답을 대신했다. 밀리아의 동공이 눈에 띄게 확대됐다.

"직접 봤어?"

"그렇다. 믿기지 않을지도 모르겠지만."

"잠깐, 그렇게 대단한 인간이 다섯씩이나 있는데, 왜 황제는 최상위 마수 사냥에 미온적인 거야?"

최소 수십억에서 수백억에 이르는 개체의 마수가 활보하는 곳이 북미 대륙이었다. 하지만 그중 대다수를 차지하는 B랭크 미만의 마수는 그렇게까지 큰 위협은 아니었다. C랭크의 고블린 따위 수백 마리가 덤벼든다 한들 노련한 헌터가 겁먹을 일은 없다. 머릿수에 준하는 탄환만 확보되어 있다면 얼마든지 잡을 수 있으니까.

그리고 탄환은 마수들의 체모만큼이나 흔하고 널린 물건. 지금 이 순간에도 매시 수만 발의 탄환이 제조되고 있을 터였다.

진정으로 모든 인간이 두려워하는 것은 피라미드의 정점. 최상위 마수들이었다.

최대한 낮게 잡아도 트리플 A랭크, 평균치를 잡자면 S랭크. 거물답게도 자주 출몰하지는 않으나, 한번 강림하면 최소한 도시 하나를 절멸로 이끄는 괴물들.

실질적인 제국 최대의 적이라 봐야 했다. 하지만 제국은 지금껏 S랭크 마수 사냥에 적극적으로 나선 적이 없었다. 마수 자체의 출몰이 워낙 적은 탓이라고 볼 수도 있겠지만 역시 고개가 갸웃거려지는 것이 사실이었다.

"아무리 강력한 힘이래도 결국 쓰일 때 가치가 있는 것 아냐?"

"내게 그런 말을 해봤자 무슨 의미가 있겠나. 나라고 해서 황제의 의중을 아는 것도 아닌데."

"그건 그렇지만⋯⋯."

"어쨌든 그러한 S랭크 이능력자, 그랜드 마스터의 칭호를 받은 자가 아닌 이상은 도시의 정규군을 홀로 상대할 수는 없다."

"적시운 님이라 해도?"

"그렇다."

딱 잘라 말하는 올리버. 덕분에 밀리아는 할 말이 없어졌다. 직접 적시운과 맞서 싸워보고서도 저렇게 말한다면 정말 그런 것일 테니까.

"그래도⋯⋯ 그분에게 아무 대책도 없을 거라고는 생각하지 않아."

"최선책은 이곳을 떠나는 거야."

헨리에타가 딱 잘라 말했다.

"당신의 목적이 지구 반대편으로 가는 거라면 굳이 여기에 묶인 채 싸움에 매진할 필요는 없어. 도움을 줄 수 있을 만한 집단이나 세력을 찾는 편이 낫지."

"나도 뻔히 아는 사실을 애써 말하느라 수고하네."

농담 섞인 적시운의 말에 헨리에타가 얼굴을 붉혔다.

"그, 그렇게 말할 것까진 없잖아."

"어쨌든 기왕 말이 나왔으니 말인데, 추천할 만한 세력이나 집단이 있어?"

"내가 아는 바로는 두 곳이 있어. 하나는 라트린 후작가야. 에스텔 아가씨 때문만이 아니더라도, 후작님은 강자에게 매우 우호적인 분이니까. 뭐, 이건 야심을 가진 귀족이라면 공통적으로 갖는 특성이긴 하지만."

"시타델에서 내 앞에 수배금을 내걸지도 모르는데?"

"귀족이 내거는 현상 수배는 그 귀족이 속한 주에서만 유효해. 다시 말해 이곳 뉴 텍사스주의 현상 수배는 네오 유타주에선 통하지 않는다는 거지."

"그래?"

"응, 대륙 전역에서 유효한 것은 황제의 칙령으로써 내려지는 수배뿐이야."

"편리한 시스템이네. 결국 수배가 걸려도 다시 이곳으로 돌아오지만 않으면 된다는 거군."

"응, 다만 귀족들 간의 협약이 있을 경우엔 얘기가 달라져."

적시운은 미간을 찡그렸다.

"결국 그쪽 동네에서도 수배령이 떨어질 수 있다는 거잖아."

"글쎄? 오스카 백작과 후작님의 관계가 그리 우호적이진 않으니 가능성은 낮다고 보는데."

"좋아. 그쪽은 그렇다 치고, 다른 하나의 세력은 뭐지?"

"사실 이쪽에 대해선 나도 잘 알지 못하지만…… 혹시 종교라는 것에 대해 알아?"

"……."

적시운은 멍한 눈으로 헨리에타를 바라보았다. 이건 마치 구름이나 나무에 대해 아느냐고 묻는 것과 다를 바가 없지 않나 싶었다.

"반응을 보아하니 알고 있는 모양이네. 음, 그러니까 황제 신앙 말고……."

"개신교나 불교, 이슬람교나 힌두교와 같은 종교들 말이지? 물론 알고 있어."

"어……."

이번엔 헨리에타가 멍하니 입을 벌리고 적시운을 바라봤다. 눈치를 보아하니 그게 뭔지도 잘 모르는 모양이었다.

'정말로 그런 종교들에 대해 모를 수가 있는 건가?'

적시운으로선 이해가 가지 않는 일. 하지만 곰곰이 생각해 보니 그럴 법도 하다는 생각이 들었다. 언젠가 미네르바를 통해 습득한 북미 제국의 역사가 떠올랐던 것이다.

[제국 신민의 믿음의 대상은 오직 황제뿐이며, 그 외의 것은 불필요한 우상에 불과하다. 이에 제국은 '종교'라 불리는 일련의 미신 체계를 박멸할 것을 천명한다.]

대략 그런 내용의 포고문이었다.

그 이후 제국은 지속적인 종교 탄압을 이어왔다. 제국은 십자가나 묵주, 성서와 같이 종교와 관련된 물품들을 소각시키거나 왜곡시키는 방식을 사용했다.

예컨대 십자가는 현재 황제를 향한 신앙의 상징물로 변형되어 있었다. 교회는 황제 찬양의 장이 되었으며, 그 외 모든 신앙의 교리가 황제 신앙에 맞추어 왜곡되고 조작되었다.

처음 그 얘기를 접했을 때 적시운은 실소할 수밖에 없었다. 과연 그런 정책을 펼친다고 하여 수천 년을 이어져 온 신앙들이 수십 년 만에 사라질까 싶었던 것이다.

그리고 헨리에타가 꺼내놓은 것은 그에 대한 대답이었다.

"제국 내에는 황제 신앙에 정면으로 반하는 지하 집단이 존재해. 옛 종교들의 지도자들이 모여 구성한 단체지."

"이곳의 레지스탕스 같은?"

"응, 하지만 전력을 따지자면 레지스탕스는 명함도 내밀지 못할 거야. 시타델의 상대조차 되지 못하는 저항군과 달리, 그들은 확실한 세력을 구축하고 있거든."

"그들만의 국가라도 있는 거야?"

"음, 그러니까 제국 북서부에는 로키 산맥이라는 거대한 산맥이 있거든?"

"로키 산맥이 뭔지는 나도 알아."

"아, 그래? 어쨌든 그곳 어딘가에 제네시스(Genesis) 교단의 본부와 도시가 존재한다고 해."

제네시스.

기원, 발생, 창세기를 뜻하는 단어.

물론 여기서의 의미는 전적으로 후자일 터였다.

'개신교가 중심이 되어 만들어진 세력인가?'

아마도 그럴 터였다. 애초에 미합중국이란 국가는 이주한 청교도들에 의해 세워진 나라. 사실상 개신교를 국교로 삼았던 국가인 까닭이다.

오히려 지금같이 황제 신앙이 퍼져 있는 것이 훨씬 충격적인 일이었다. 대대적인 세뇌 작업을 펼쳤다고 해도 고작 수십 년 만에 신민의 의식을 바꾸어버린 셈이니.

'역시 생각할수록 이상한 것투성이란 말이지.'

강력한 힘을 지녔으면서도 쇄국을 고수하는 정책. 중세 시대로 퇴화한 것만 같은 계급 체계 및 통치 시스템.

북미 제국은 실로 수많은 면에서 납득하기 어려운 국가였다.

'어쩌면 이 국가의 존재는, 블랙 링이나 마수들의 강림과 연관이 있는 걸지도 모른다.'

그저 추측에 불과한 생각. 하지만 아예 망상이라고만 볼 수도 없었다.

블랙 링의 등장과 함께 지구상 곳곳에 등장한 차원의 문. 그중 대다수는 미국 본토에 집중되어 있었고 마수들의 공격 역시 자연히 미국에 집약되었다. 그 결과는 미합중국은 멸망했고, 그 초토화된 대지 위에 북미 제국이라는 싹이 자라났다.

그것이 대외적으로 알려진 진실. 물론 한국을 비롯한 세계의 국가들은 북미 제국에 대해 알지 못했다. 그저 북미 대륙을 죽음의 땅이라고 추정해 왔을 뿐.

'하지만 정말 그게 진실일까?'

생각해 보면 이 또한 일반인들에게 알려져 있는 사실에 지나지 않았다. 다시 말해, 각국 수뇌부가 진실을 알면서도 대외적으로 알리지 않았을 가능성도 있다는 것이다.

국가는 국민이 모르는 것 이상을 알고 있다. 지금까지도 그래왔고 앞으로도 그럴 것이다.

'뭐, 결국은 이것도 추측일 뿐이지만.'

분명한 건 굳이 조로아스터와 충돌하는 데에 집착할 필요
는 없다는 점이었다.

"결론은 그 둘 중 하나를 찾아가 보자는 거군."

"응."

헨리에타가 고개를 끄덕였다.

"단순히 비행 수단을 구하는 것뿐이라면 어려울 것 없지
만, 당신의 목적은 고작 그 정도가 아니잖아?"

바다를 건넌다.

그 자체만 보면 어려울 것 하나 없어 보이지만 실상은 전
혀 달랐다. 마수들이 강림한 이후 어업 활동은 기존의 1퍼센
트 미만으로 축소되었다. 바다를 마수들에게 빼앗기고만 결
과였다.

모든 것이 마수 전쟁 발발 이후 3년 안에 이루어진 것.

이러한 현실은 적시운이 작전에 투입되던 시기까지도 변
하지 않았다.

하늘이라 해서 안전할 것은 없었다. 마수들은 육해공을 가
리지 않았으니까.

갖가지 마수가 득실거리는 지옥의 바다. 이를 뚫고 수천
㎞에 달하는 거리를 날아가야 한다. 제국에서 내건 금령을
제외하고 보더라도 결코 쉬운 일이 아니었다.

'아니, 오히려 불가능에 가깝다고 봐야겠지.'

그것이 헨리에타의 솔직한 심정이었다. 라트린 후작가나 제네시스 교단에 대해 말하긴 했지만, 기실 그녀부터가 내심으로는 반신반의하고 있었다.

설령 거대 세력의 전폭적인 지지를 받는다고 해도 가능성은 10퍼센트나 될까?

그조차도 되지 못하리라는 게 헨리에타의 솔직한 생각이었다.

하지만 그 말을 차마 입 밖으로 꺼낼 수가 없었다. 돌아가고자 하는 적시운의 의지와 집념에 대해 너무나 잘 알기 때문이었다.

"알겠어. 두 가지 가능성 모두를 고려해 볼게."

한동안 생각에 잠겨 있던 적시운이 말했다. 헨리에타는 희미한 미소를 짓고는 자리에서 일어났다.

"그럼 난 동료들한테 좀 다녀올게. 뭐 먹고 싶은 건 없어?"

"됐어. 이곳 식량도 넉넉한 편이고."

"메뉴가 통일된 전투식량뿐이잖아. 매일 같은 것만 먹다간 금방 질릴 거야."

"그럼 그냥 알아서 사 와."

"응."

헨리에타는 낡은 캡 모자와 안경을 썼다. 그것만으로도 인상이 눈에 띄게 달라졌다.

무릎 위로 뜯어진 청바지와 흰 티셔츠가 제법 잘 어울리는 모습. 간편하면서도 효과적인 위장이었다.

위장이란 본디 지나쳐선 안 하느니만 못한 것. 너무 숨기려고 하면 오히려 쓸데없는 의심을 살 여지가 있었다. 그것을 감안한다면 이 정도가 적당했다.

두 사람은 작센이 마련해 준 아지트에 머무르고 있었다.

외부에 들락거리는 것은 주로 헨리에타의 몫. 그녀는 간단한 위장을 하고서 아지트와 병원을 오갔다. 그 과정에서 정보를 수집해 오기도 했는데, 아직까진 별달리 건질 만한 게 없었다.

"수배령도 떨어지지 않았고 전투에 대한 정보 또한 은폐됐어. 아무래도 이대로 묻어버리려는 모양이야."

헨리에타의 보고를 들었을 때, 적시운은 조로아스터의 의도를 알 것 같다는 느낌이 들었다.

'놈은 아직까지도 회유책을 포기하지 않았다.'

그렇다면 이를 최대한 이로운 방향으로 활용해야 할 터였다. 아직은 괜찮은 방안이 떠오르지 않고 있었지만.

"그럼, 다녀올게."

"그래."

짤막히 대꾸하는 적시운. 헨리에타는 뭔가를 기대하는 눈치였지만, 이내 포기하고서 밖으로 걸음을 옮겼다.

[웬만하면 격려의 한마디라도 좀 해주지 그러나?]

'그런 걸 들어야 할 만큼 어수룩한 여자는 아냐. 그런 게 필요할 만큼 어려운 임무도 아니고.'

[그래도 기대하는 눈치이지 않은가.]

'기대한다고? 무엇을?'

[쯧쯧. 아무래도 본좌의 후계자는 이런 면으로는 꽤나 둔감한 것 같군.]

'……?'

[됐네. 이 얘기는 옆으로 치워두지. 그보다 몸 상태는 좀 어떤가?]

'글쎄. 아직은 그때 같은 컨디션은 아닌 것 같은데.'

하수처리장 전투에선 부상이라 할 만한 것을 거의 입지 않았다. 기껏해야 매카시에게 감전당하는 과정에서 입은 내상 정도일까. 그 외엔 가벼운 타박상이 전부였고, 그마저도 한나절이 채 지나기 전에 회복했다.

지금 말하는 몸 상태란 말 그대로 컨디션. 코어 에너지를 흡수하기에 최적인 상태인가 하는 것이었다.

'한 번 더 운기조식을 해본 후에 결과가 어떻든 흡수에 들어가야겠어. 나중에는 이럴 여유도 없을지 모르니까.'

[흐음, 본좌로서는 딱히 반대할 계제가 아닌 것 같군. 자네의 생각에도 분명 일리가 있으니.]

투둑. 투두둑.

새하얀 바람꽃이 피로 물들었다. 떨어져 나간 팔뚝이 꽃밭 위를 뒹굴었다.

초여름의 실바람이 쓰다듬고 지나가는 벌판 위로 헐거운 숨소리가 간헐적으로 흘러나왔다.

"도, 도대체……!"

백발의 노고수가 피를 한 됫박 쏟아냈다. 잘려 나간 왼팔뿐 아니라 기관지가 상한지라 얼마 버티지 못할 것이었다.

"너는 도대체 누구더냐."

약관의 청년은 대꾸하지 않았다. 그저 침착하게 한 걸음을 내디딜 따름.

사실 더 이상 신중할 필요는 없었다. 주변은 이미 그가 만들어낸 시산혈해로 가득 차 있었고, 적이라 할 만한 존재는 더 이상 남아 있지 않았으니까.

훗날 천마라고 불리게 될 청년은 그 사실에 아무런 감흥도 느끼지 못했다.

"무림맹 소속 적마대. 십 년 전 본교의 패잔병을 추격하는 과정에서 일련의 아녀자 무리를 몰살시켰지."

"……."

"듣자 하니 당시의 우두머리가 오늘내일한다더군. 그 소식을 접하고 나니 도저히 그냥 앉아 있을 수가 없더군."

"……!"

"무림에 죄를 묻는 것은 아직 이르지만, 해묵은 원한의 청산을 천지신명에게 맡길 수는 없는 일. 하여 본좌가 찾아왔다."

"너는…… 너는!!"

"너희의 하늘을 무너뜨릴 자. 철혈의 마병 위에 군림할 자. 그러나 지금은 죽은 아이의 오라비일 뿐이다."

노인의 부릅뜬 두 눈이 터질 듯 충혈됐다.

"고마워해라. 너희의 무림이 소멸하는 것을 보지 않고 죽게 됨을. 원통해해라. 너희의 무림이 소멸하리라는 사실에."

"네놈의 뜻대로는 결코……!"

좌악!

또 하나의 핏줄기가 꽃밭을 물들였다.

참수당한 노고수의 육체를 바라보던 청년은 아무런 감흥 없이 몸을 돌렸다.

이제는 그 아이의 얼굴조차도 가물가물하다. 그러나 그가 멈추는 일은 없을 것이었다.

'죽는 날까지도……!'

"……!"

운기조식을 마친 적시운이 자리에서 벌떡 일어났다. 지난번과 거의 동일한 느낌. 육체와 정신이 활짝 깨어난 것 같은 느낌이 들었다.

그 상태로 남겨두었던 두 개의 코어 에너지를 모두 흡수했다. 살짝 위험할 뻔도 했던 지난번과 달리, 코어 에너지는 별다른 반발 없이 적시운의 체내로 스며들었다.

확실히 처음과는 다른 느낌. 한층 익숙해졌다는 게 온몸으로 느껴졌다.

'아직 랭크 업을 하기엔 많이 부족하지만.'

적시운은 반쯤 열려 있는 창밖으로 왼손을 뻗었다. 얼마 지나지 않아 주먹만 한 돌멩이가 집 안으로 날아들어 왔다.

파칵!

오른손을 뻗어 돌멩이를 박살 냈다. 동시에 사방으로 튄 가루와 조각들을 염동력으로 일일이 붙들었다.

젓가락으로 미끄러운 콩을 옮기는 것과 비슷한 일. 물론 수십 배는 더 어렵고 정교한 작업이었다.

스르르르.

돌 부스러기가 들어왔던 창틈을 통해 바깥으로 사라졌다.

적시운은 양손을 털고서 자리에서 일어났다.

"타이밍 한번 좋군."

그렇게 중얼거리고 있으려니 문을 열고서 헨리에타가 안으로 들어섰다.

"무슨 일이라도 있었어? 안쪽에서 뭔가 깨지는 소리가 들리던데."

"아무것도 아냐. 그보다 그 녀석들 상태는 좀 어때?"

"다들 순조롭게 회복하고 있어. 밀리아랑 웨어비스트는 벌써부터 침상을 털고 일어났고. 나머지 두 사람도 사흘 안에 완치될 거래."

과연 헨리에타의 뒤로 밀리아가 빼꼼 얼굴을 내밀었다. 이미 기감을 통해 알고 있었던 적시운은 딱히 놀라지 않았지만.

"저 왔어요, 대장."

"나는 네 대장이 아냐."

"적시운 님이라고 부르는 건 너무 딱딱한 것 같아서요. 안 그래, 고릴라?"

맨 뒤에 서 있던 올리버가 미간을 찡그렸다.

"역시 주군이 가장 낫지 않을까 싶은데."

"구리다니까? 적시운 님이 무난하긴 한데 대장이 좀 더 친근감이 느껴지는 것 같아."

"오히려 그 반대 아닌가?"

"적시운 님 생각은 어떠세요?"

"쓸데없는 일로 떠들 거면 나가서 했으면 좋겠다고 생각해."

적시운의 대꾸에 움찔한 밀리아가 어깨를 움츠렸다.

"죄, 죄송해요."

적시운은 헨리에타를 돌아봤다.

"나나 너희들에게나 수배령은 떨어지지 않았다고 했지?"

"응? 아, 으응."

"그럼 애들 데리고서 며칠 다른 데에 좀 가 있도록 해. 혼자서 할 일이 좀 있으니까."

"혼자서?"

"그래, 혼자서."

헨리에타는 일절 토를 달지 않고서 고개를 끄덕였다.

"알겠어. 작센 씨한테 얘기하면 다른 곳을 소개해 주겠지. 얼마 정도 떨어져 있으면 되겠어?"

"나머지 두 사람도 퇴원할 때쯤이면 될 것 같아."

"알았어. 가자, 밀리아."

헨리에타가 밀리아의 손을 잡고 밖으로 끌었다. 2미터의 덩치인 밀리아가 그녀의 손길을 거부하지 못하고 질질 끌려나갔다.

뭐라 말을 못 하고서 입만 벙긋거리는 그녀를 보며 올리버가 나직이 물었다.

"그녀에게 화가 나신 겁니까?"

"딱히. 원래 저렇게 단순한 녀석이라는 것은 알고 있었으니까."

적시운은 어깨를 으쓱했다.

"말 그대로 혼자서 할 일이 좀 있을 뿐이다."

"그렇군요."

"그리고 말인데, 네 목숨은 내 것이라느니 떠들긴 했지만 사실 난 그다지 패거리를 들이는 데에 욕심은 없어. 충성심이니 의리니 하는 것도 딱히 믿지 않고."

"……."

"그러니 내키지 않으면 언제든 떠나도 좋다. 물론 그다음에 내 적으로 나타난다면 봐주지 않겠지만."

"저 또한 말씀드린 것으로 기억합니다만, 이미 당신을 섬기기로 마음을 먹었습니다."

"죽을 걸 살려줬다는 이유만으로 너무 간단히 신념을 접은 것은 아니고?"

"저는 신념이니 뭐니 떠들 만큼 고상한 인간이 아닙니다. 황무지의 다른 이들과 마찬가지로 제 목숨을 가장 중히 여기는 인간일 뿐이지요. 제 선택에 후회는 달리 없습니다."

"……뭐, 네가 그렇게 생각한다면 할 말 없고. 나야 하는 일을 방해받지만 않으면 그만이니까. 좋을 대로 해."

"예, 그럼……."

묵례를 한 올리버가 헨리에타의 뒤를 따라갔다.

[사흘 정도는 혼자 있게 되겠군. 그동안 무엇을 할 생각인가?]

천마의 물음에 적시운은 고개를 돌렸다. 거리가 거리인 만큼 이 위치에서는 70층에 달하는 스트롱홀드의 코빼기조차 볼 수 없었다. 그럼에도 적시운은 우뚝 솟아 있는 마천루가 눈에 보이는 듯했다.

"조로아스터와 담판을 지을 거다."

5

헨리에타와 마찬가지로 적시운 또한 특별한 위장을 하진 않았다. 애초에 수배령이 퍼지지 않은 이상은 거리에서 싸우게 될 일은 딱히 없기도 했고.

무기 또한 챙기지 않았다. 괜히 총기를 챙겼다간 눈길만 끌게 될 가능성이 높았으니.

스트롱홀드까지 이어지는 길은 한산했다. 도중에 몇몇 치안 유지군의 시선이 적시운을 훑었으나 그저 그뿐이었다.

하기야 그들로서도 요주의 인물이 대낮에 대놓고 찾아올

거라고는 생각지도 못할 것이었다.

스트롱홀드의 아래층은 일반적인 업무용 빌딩과 차이가 없었다. 시타델에 들어선 첫날과 거의 다름이 없는 모습.

적시운은 데스크에 앉아 있는 여성 안내원에게로 다가갔다.

"무슨 일로 오셨는지요?"

"조로아스터를 만나러."

안내원이 멍한 표정을 지었다.

"예?"

"조로아스터 안젤모. 에메랄드 시타델의 사무국장. 아마도 이 건물 안에 있을 텐데?"

"……."

적시운은 기감을 통해 볼 수 있었다. 서서히 팽창되는 동공과 희미하게 빨라진 혈류 속도. 은밀해지는 호흡과 책상 아래의 버튼으로 향하는 손가락의 움직임을.

"하지 않는 게 좋을걸."

"네?"

"버튼, 누르지 않는 게 좋을 거라고. 눌러봤자 소용도 없을 테고."

"……대체 누구시죠?"

"적시운. 시타델의 1등 시민이다. 아마도."

안내원은 미심쩍은 눈으로 적시운을 바라봤다. 크게 놀라지 않는 걸 보면 확실히 수배가 떨어지거나 하진 않은 모양이었다.

이상한 낌새라도 느낀 듯 문 쪽에 대기 중이던 경비원이 이쪽을 바라봤다. 적시운은 그 시선을 가볍게 무시한 채 말을 이었다.

"협조하지 않더라도 난 딱히 상관없어. 하지만 너희는 확실하게 피해를 입는다. 다치는 건 기본이고 재수 없으면 목숨까지 위험해질걸."

"……."

"경비원을 부르거나 비상 버튼을 누르고 싶다면 좋을 대로 해."

경고하는 것도 아니고 위협하는 것도 아닌, 그저 있는 그대로의 사실을 통지하는 듯한 어조. 오히려 억지로 겁을 주는 것 이상으로 공포를 유발하는 방식이었다.

"잠시만…… 기다려 주세요. 지금 사무국장님의 비서실에 이야기를 전달했습니다."

"그러지."

적시운은 데스크에서 슬쩍 물러났다. 얼마 기다릴 것도 없이 안내원이 자리에서 일어났다.

"따라오세요. 사무국장님께서 손님을 뵙고 싶어 하십니다."

"그럴 테지."

엘리베이터를 통해 30층가량을 올라가자 조로아스터의 집무실이 나왔다.

층 하나를 집무실로 삼은 거대한 스케일. 그래도 딱히 위압감이 느껴지지는 않았다. 상황의 주도권을 쥔 쪽은 어디까지나 적시운이었기에.

조로아스터는 두 손을 깍지 끼고서 입가를 가리고 있었다. 적시운의 얼굴을 확인하자 그의 동공이 순간적으로 떨렸다.

"……설마 이곳을 제 발로 찾아올 줄은 몰랐군."

"알고서 나를 올려보낸 것 아닌가?"

"솔직히 말하자면 너를 사칭하는 인물일 거라 생각했다. 네가 보낸 메신저라거나."

"그럼 내가 댁을 실망시킨 셈인가?"

"시건방진 말본새는 여전하군."

"그쪽도."

적시운은 근처의 의자를 끌고 와서 털썩 앉았다. 여성 안내원은 두 사람을 번갈아 보며 어쩔 줄 몰라 했다.

"내려가 봐라. 방해받고 싶지 않으니 아무도 올려보내지 말도록."

"예? 아, 네!"

화들짝 놀란 안내원이 허겁지겁 엘리베이터로 향했다. 적시운은 방을 한 바퀴 돌아봤다. 시각을 초월한 기감이 있는 만큼, 위협물을 찾기 위함이라기보다는 그저 방 안을 감상하려는 목적에서였다.

"뭔가 단단히 착각하고 있는 것 같은데."

조로아스터가 살기 어린 어조로 말했다.

"네놈이 지금껏 숨 쉬고 있는 것은 네가 잘나서가 아니라, 나와 백작님께서 자비를 베풀었기 때문이다."

"매카시도 비슷한 소리를 떠들더군."

"정말 죽고 싶은 건가?"

"죽일 수는 있고?"

철컥! 처처척!

석상과 초상화 같은 장식품들이 뒤집히며 갖가지 형태의 총구가 나타났다. 동시에 책상 위로 배리어가 펼쳐져 조로아스터를 보호했다.

"하나하나가 에픽 레벨의 이온 광학 병기다. A랭크 이능력자조차도 막아낼 수 없는 것들이지. 이것들을 상대로도 네놈이 살아남을 수 있을 것 같나?"

적시운은 그다지 놀라지 않았다. 앞서 기감을 통해 병기들의 존재를 감지했던 까닭이다.

"그 와중에도 내가 무서운지 배리어는 꼼꼼하게도 쳐 두었군."

"정말 죽고 싶어서 찾아온 거냐?"

"아니, 죽고 싶지도 않거니와 네놈에게 죽을 생각 따위는 더더욱 없다."

"말과 행동이 정반대로군."

"정말 그렇게 생각하나?"

"그럼 아니란 말이냐."

"지금 확실하게 말해두지."

적시운은 상체를 내밀어 조로아스터의 눈을 응시했다.

"네가 저 기계들에 명령을 내리는 순간, 죽어 자빠지는 쪽은 내가 아니라 네가 될 거다."

"네놈······!"

"궁금하다면 시도해 봐. 어떻게 될지."

조로아스터는 어금니를 꽉 깨물었다. 도저히 참작의 여지라는 것을 주지 않는 놈이었다.

이렇게나 시건방진 놈은 살아생전 처음. 매카시조차도 이 정도로 오만불손하지는 않았다.

'죽여 버릴 테다!'

버튼만 누르면 끝이다. 그의 집무실에 설치된 자체 방어 시스템은 완벽하다. 고성능 AI에 의해 기동되는 이온 광자포는 놈을 끝까지 추격하여 숨통을 끊을 것이다.

조로아스터의 자리를 보호하는 배리어 역시 최상품. 모든 종류의 이능력을 방어함은 물론, 근거리에서 대량의 고폭탄이라도 터지지 않는 이상은 완벽한 안전을 제공했다.

놈이 조로아스터를 죽일 가능성 따위는 만에 하나조차도 되지 않았다.

'한데 왜?'

놈의 모든 것을 안다고 자부할 수는 없었다. 하지만 최소한 승산 없는 게임에 모든 것을 내걸 만큼 멍청하지 않다는 것쯤은 알았다.

다름 아닌 매카시를 해치운 놈이 아닌가.

그런 놈이 직접 찾아와서 이렇게까지 노골적인 도발을 한다?

선뜻 이해하기 어려웠다.

'무언가 함정이라도 있다는 건가?'

그러고 보면 레지스탕스가 적시운을 도왔었다. 그리고 레지스탕스 안에는 시타델의 보안을 간단히 뚫을 수 있는 해커 또한 포함되어 있었다.

만약 그 해커가 뭔가 수작을 부린 거라면……?

'아니! 스트롱홀드의 보안 시스템은 일반 데이터베이스와는 다르다. 일개 해커 따위에게 간단히 뚫릴 만한 물건이 아니다!'

그러나 이 또한 백 퍼센트 장담할 수는 없었다. 세상에는 만약이란 게 존재하는 법이었으니.

해킹이 아닌 다른 수작을 부렸을 가능성도 없지 않았다. 지금까지의 행보를 감안한다면 더더욱.

생각이 많아지니 판단력이 흐려졌다. 이래서는 간단한 결정조차 제대로 내리기 어려웠다.

주도권을 빼앗겼다는 패배감.

조로아스터는 잔뜩 구겨진 얼굴로 적시운을 노려봤다.

"빌어먹을 놈."

"죽이는 대신 욕설을 지껄인다는 건 대화를 하겠다는 뜻으로 받아들여도 되겠지?"

"나와 백작님께선 네놈에게 많은 것을 제공해 주었다. 시타델 1등 시민증을 발급해 주었고 보금자리까지 마련해 주었지. 그에 대한 보답이 이것이냐?"

"웃기는군. 내키지 않는 일을 후작가 등쌀에 밀려 억지로 한 주제에 이제 와서는 대단한 친절이라도 베푼 양 구는 건가?"

"큭……!"

"그리고 내가 마치 배은망덕하게 굴었다는 양 얘기하는데, 먼저 나를 죽이려 한 쪽은 매카시였어."

"그것은 놈의 독단적인 행보에 불과하다!"

"네 묵인하에서의 행보였지. 안 그래?"

"……."

조로아스터는 할 말을 잃고서 입을 다물었다. 열 받는 것은 열 받는 거고, 정황 자체는 적시운의 말에 힘을 실어주고 있었던 까닭이다.

미심쩍은 행보를 보이기는 했지만 처음부터 적시운이 시타델에 적대적인 것은 결코 아니었다. 어쩌다 보니 상황이 꼬이고 꼬여 이렇게 흘렀을 뿐.

"그 얘기는 그만하지. 이곳을 찾아온 이유나 말해봐라."

조로아스터의 말에 적시운은 픽 웃었다.

"불리하니까 다른 주제로 넘어가자고?"

"……."

"뭐, 좋아. 쓸데없이 잘잘못 따져 대는 것도 웃기는 일이니. 우선 한 가지만 묻지. 내 앞으로 수배령을 내리지 않은 건 나와 교섭을 시도할 생각이었기 때문일 테지?"

'확실히 보통 놈이 아니다.'

조로아스터는 속으로만 중얼거렸다. 이쪽의 의도를 적시운은 속속들이 꿰뚫어 보고 있었다. 분하지만 그 사실은 인정할 수밖에 없었다.

"그렇다. 어떤 방식이 되었든 네가 매카시를 쓰러뜨린 것은 사실이니까."

"내가 함정 같은 것을 파서 매카시를 해치웠을 거라 생각하는 모양이군."

"아니라는 거냐?"

"아니라면?"

적시운의 반문에 조로아스터는 주춤했다.

놈은 트리플 B랭크 이능력자. 그것만큼은 그 무엇으로도 부정할 수 없는, 분명한 진실이었다.

이능력 검사를 속여 넘긴다는 것은 사실상 불가능하다. 검사원을 매수하여 데이터 자체를 조작하는 게 아닌 이상은.

그리고 검사원이 매수됐을 확률은 0.

적시운의 이능력 등급은 의심의 여지 없는 BBB였다.

물론 하위 랭크 능력자가 상위 랭크 능력자를 죽이는 게 아주 불가능한 일만은 아니다. 궁지에 몰린 쥐가 고양이를 물어 죽일 확률보다 낮다는 게 문제일 뿐.

하물며 그 대상이 베테랑 중의 베테랑인 매카시라면…….

"정녕 너 홀로 매카시를 쓰러뜨렸다는 것이냐? 트랩이나 특수 병기의 도움 하나 없이?"

"자랑하고 뻐기는 걸 좋아하는 성격은 아니지만 이런 일로 거짓말을 할 생각은 없어. 매카시와는 정정당당히 붙어서 결착을 냈다."

"대체 어떻게?"

적시운은 픽 웃었다.

"비장의 요리 비법을 아무한테나 떠들어 대는 요리사 봤어?"

"……."

"말했다시피 이걸 털어놓는 건 자랑 따위를 하기 위함이 아냐. 당신 머릿속에 있는 나라는 인간의 가치를 확실하게 평가시키기 위함이지."

"좋다."

조로아스터는 배리어를 해제했다. 이온 광학 병기들 역시 원래 자리로 돌아갔다.

"네가 매카시의 자리를 메울 만한 인물이라는 것은 알겠다. 그 이상으로 오만하다는 것 또한."

"뒷말은 빼는 편이 나았을 텐데."

"닥쳐라. 그렇다고 해서 내가 네놈에게 쩔쩔맬 거라 생각하면 그 또한 오산이다. 그러니 단도직입적으로 말하기나 해라. 네놈의 용건이 무엇인지!"

"간단해. 맥과 처음 대화했을 때 했던 말과 같아."

조로아스터는 잠시 옛 기억을 더듬어 보았다.

"……분명 네놈은 거래를 원했었지."

"기억하고 있다니 다행인걸."

"이온 전지를 팔고 싶다고 했던가?"

"그래, 전지는 이미 다른 데에 팔아버렸지만."

"그렇다면 무엇에 대한 거래를 원하지?"

"그 전에 한 가지를 분명히 하지. 에메랄드 시타델의 진정한 지배자는 당신이 아니야. 안 그래?"

"네놈, 설마……."

"기왕 말해야 하는 거라면 오스카 백작에게 직접 용건을 얘기하고 싶은데."

"건방진!"

조로아스터가 자리에서 벌떡 일어났다. 지금까지의 분노가 애들 장난으로 보일 법한 반응이었지만 적시운은 조금도 흔들리지 않았다.

"감히 백작님과의 독대를 청하겠다고?"

"못할 것도 없는 일이잖아. 백작이 무슨 금송아지도 아니고."

"뭐라고!"

─재미있군.

기계음으로 이루어진 음성이 끼어들었다. 얼굴이 시뻘게 져 있던 조로아스터가 움찔했다.

"가, 각하."

─그자와 만나보고 싶다. 내 방으로 데려오도록.

6

"그, 그렇지만……."

조로아스터는 당혹감을 숨기지 못한 채 적시운을 돌아봤

다. 놈은 위험하다. 물론 오스카 백작의 관저는 이곳 이상 가는 보호 설계가 되어 있는 곳이었다.

그래도 마냥 안심할 수만은 없는 일. 적시운을 백작의 펜트하우스로 들이는 게 과연 괜찮을지 확신할 수 없었다.

─거부하겠다는 건가?

"아, 아닙니다."

─그렇다면 문제는 없군. 기다리고 있겠다.

"각하, 판단을 재고하실 생각은 없으신지요?"

─그자를 포섭하겠다며 내 마음을 돌렸던 것은 네가 아니었나?

"물론 그랬습니다. 하지만……."

─이미 한 번 내 판단을 뒤집게 해놓고서, 또다시 마음을 바꾸겠다는 건가?

"……아닙니다. 적시운을 데리고 바로 올라가겠습니다."

─그러도록. 기다리지.

통신을 마친 조로아스터가 무거운 한숨을 토했다.

"백작한테 꼼짝도 못하는 모양이군."

얄밉기 짝이 없는 적시운의 한마디. 조로아스터는 반사적으로 주먹을 꾹 쥐었다.

"……따라와라. 백작님께 안내하겠다."

"그러지."

두 사람은 백작의 관저로 이어지는 엘리베이터로 향했다. 앞서 적시운이 타고 올라온 것과는 다른 엘리베이터였다.

"백작은 항상 이 건물 안에서만 지내는 건가?"

"……."

"그런데 음성은 왜 저렇지? 설마 본인의 목소리가 저렇지는 않을 테고, 프로그램을 사용해 왜곡시킨 것 같은데."

조로아스터는 고집스럽게 침묵했다. 한마디도 대꾸하지 않겠다는 결연한 의지마저 느껴질 정도였다.

적시운은 피식 쓴웃음을 지었다.

"어지간히도 열 받은 모양이군."

"네놈, 원래 이렇게 말이 많았었나?"

"그냥 필요하다 싶을 때 떠드는 거지. 그와 별개로 백작에 대해선 이래저래 궁금한 게 많으니까."

"……."

"설마 인간이 아니라 프로그램 같은 건 아니겠지? 조금 전의 잔뜩 디스토션 먹은 목소리도 그렇고."

땡.

도착을 알리는 엘리베이터 소리에 조로아스터는 안도의 한숨을 내쉬었다.

"따라와라."

적시운은 피식 웃고서 그 뒤를 따랐다.

[평정심을 완전히 잃었군. 자네의 의도대로 된 모양일세.]

'사실 백작의 돌발 행동이 컸어. 나는 거기에 기름만 솔솔 뿌렸을 뿐이고.'

[그나저나 제대로 저질러 버렸구먼. 설마 이곳으로 단번에 찾아올 거라고는 예상하지 못했네.]

'어차피 한 번은 부딪쳐 봐야 할 상대니까.'

적시운은 주변을 돌아봤다. 기나긴 회랑의 양옆으로는 갖가지 유화가 장식되어 있었다. 그중에는 '민중을 이끄는 자유의 여신' 같은, 적시운도 익히 알고 있는 서양화도 존재했다. 물론 모조품일 테지만 말이다.

[흐음.]

천마가 심각한 태도로 중얼거렸다.

[저 처자는 왜 웃통을 벗고 있는 것인가?]

'……말을 해도 꼭.'

[그나저나 양인들의 화풍은 확실히 놀랍구먼. 가만히 보고 있으면 화지를 뚫고서 사람이 튀어나올 것 같으이.]

'평소에는 신식 문물을 보고도 그다지 감탄하지도 않더니 별일이네.'

[기껏해야 무기 따위나 봐왔으니 그렇지 않겠는가?]

'창이나 칼에 비하면 월등히 뛰어난 무기들이잖아?'

[후후. 그중에 본좌에게 생채기나마 낼 만한 무기가 있다고 생

각하는가?]

'……아니.'

당장 적시운만 해도 어지간한 총화기는 버텨낼 수 있었다. 적시운조차 그럴진대 천마라면 말할 것도 없는 일이었다.

그래도 왠지 적시운이 진 것 같은 느낌.

적시운은 나직이 혀를 찼다.

'댁이 핵폭탄의 위력을 한번 맛봤어야 하는 건데.'

[……흠?]

우뚝.

조로아스터가 걸음을 멈췄다. 정면에는 굳게 닫힌 자동문과 모니터가 존재했다. 안구 및 지문 인식 작업을 마치자 자동문이 좌우로 갈라졌다.

[환영합니다, 사무국장님.]

"백작님께선 어디에 계시지?"

[59층의 실내 정원에 계십니다.]

모니터의 대답에 조로아스터의 표정이 한층 딱딱해졌다.

적시운은 그사이 기감을 확장하여 주변을 살폈다.

'염동력 감지망은 먹히지 않는군.'

건물 전체에 이능력 억제장이 펼쳐진 상태. S랭크 이능력자가 아닌 이상은 쥐새끼 하나 죽이지 못할 터였다. 일반적인 이능력자라면.

적시운의 기감은 내공을 기반으로 펼쳐지는 것. 이 세계의 이능력과 베이스부터가 다른 능력인 만큼 억제망의 영향 또한 받지 않았다.

그 범위는 이능력 감지망을 능가하고도 남는 수준. 반경 200m 이내라면 대략적인 동선과 윤곽을 파악하는 데 어려움이 없었다. 한곳에 집중할 경우엔 공기의 흐름마저 어느 정도 캐치할 수 있는 수준. 기껏해야 20층 규모의 공간이라면 손바닥 안처럼 훤히 볼 수 있었다.

"……음?"

적시운이 미묘한 콧소리를 냈다. 안 그래도 신경이 예민해져 있던 조로아스터가 홱 고개를 돌렸다.

"뭐냐?"

"아니, 아무것도 아냐."

"허튼수작을 부릴 생각 따윈 하지 않는 게 좋을 것이다."

조로아스터가 차가운 얼굴로 경고했다.

"이 관저는 통합 방어 체계에 의해 관리되고 있다. 침입자가 조금이라도 이상한 낌새를 보이면 방어 시설의 센서가 반응해 바람구멍을 낼 것이다."

"흠."

"솔직히 말해 나로서는 부디 그렇게 되었으면 좋겠지만……
백작님께서 바라시는 바는 아니겠지. 그러니 행동에 주의해
라. 죽고 싶은 게 아니라면."

"그러지."

의외로 얌전히 수긍하는 적시운. 덕분에 조로아스터의 불
안감만 도리어 가중되었다.

'이놈에게 대체 무슨 꿍꿍이가 있는 거지?'

한번 의심하기 시작하니 별것 아닌 행동조차 의심하게 된
다. 조로아스터로서는 미치고 환장할 일이었다.

"뭐 해? 문 열렸는데 어서 가지 않고."

"……"

조로아스터는 오만 가지 욕설을 속으로 중얼거렸다.

또 한 번 엘리베이터를 타고 나서야 59층에 도착할 수 있
었다.

기이이잉.

좌우로 문이 열리자 깔끔하게 정돈된 실내 정원이 나타났
다. 최소 5층 이상의 층을 아우르는 규모. 천장에는 특수 파
장을 발산하는 인공 태양이 걸려 있어 실내 전체를 비추고

있었다.

지속적인 관리를 받는 듯한 초목들 사이로 조원용 장비를 주렁주렁 매단 기계들이 분주히 오갔다.

인공 지능을 탑재한 기계에 의해 관리되는 실내 정원. 지상 200m 높이에 마련된 사치의 극치였다.

"따라와라."

조로아스터가 정원 내부로 걸어 들어갔다. 기계들은 적시운과 조로아스터를 보고도 별다른 반응을 보이지 않았다.

"저 기계들, 백작의 안전을 생각한다면 주의해야 하는 것 아닌가? 바이러스라도 걸려서 미쳐 날뛴다면 큰일 날 텐데."

"그럴 가능성은 없다. 스트롱홀드의 인공 지능 체계는 외부와 완전히 단절되어 있으니까. 게다가 기계가 아무리 믿음직하지 못하다 해도 인간보다는 낫다."

얼마 걷지 않아 조로아스터가 걸음을 멈췄다.

"적시운을 데리고 왔습니다, 각하."

"음."

풍채가 상당한 중년 사내였다. 화려하게 장식된 3단 분수대의 옆, 의자에 앉은 채 모여든 새들에게 먹이를 주고 있었다.

"내가 바로 에메랄드 시타델의 주인, 오스카 오즈마 백작이다."

적시운은 피식 웃었다.

"꽤나 그럴싸한 연출인걸."

"무릎을 꿇고 백작님께 예를 표해라."

"싫어."

조로아스터는 두 눈을 부릅뜬 채 두 팔을 부르르 떨었다.

"정녕 이렇게 나오겠다는 것이냐?"

"무릎을 꿇는 것쯤은 얼마든지 할 수 있어. 그 행동에 담긴 의미를 배제하고 본다면 결국 잠깐 몸을 숙였다가 일어나는 행위에 불과하니까."

적시운은 백작과 조로아스터를 번갈아 보았다.

"하지만 가짜를 상대로 촌극을 벌일 생각은 없다."

"……!"

조로아스터는 놀란 눈으로 적시운을 노려봤다.

"어, 어떻게……?"

"이런 거, 진부하다고는 생각해 본 적 없나? 진짜는 숨겨두고서 대리인을 내세워서 장난질이나 치다니."

"대체 어떻게 알아챈 것이냐?"

"육감으로 때려 맞혔다고 한다면 믿어줄 건가?"

"사실대로 말해라!"

"그러지. 우선은 저 사내."

적시운은 중년 사내, 가짜 백작을 가리켰다.

"웃고 있는 얼굴과 달리 손바닥엔 식은땀이 맺혀 있더군.

심장박동도 일반적인 기준에 비해 빠른 데다 호흡도 가쁘던데. 진부하기 짝이 없는 자기소개는 말할 것도 없고 말이야."

중년 사내가 움찔하여 조로아스터의 눈치를 살폈다. 정작 조로아스터는 적시운을 뚫어져라 쳐다보느라 시선을 돌릴 겨를도 없었지만.

"이렇게 미심쩍은 점이 많은데 이상하게 여길 수밖에."

"네놈, 설마 염동력으로 감지라도 한 것이냐?"

"이 건물 안에선 이능력을 사용할 수 없을 텐데? 그건 나보다도 댁이 잘 알고 있는 사실 아닌가?"

"큭!"

그건 그랬다. 이능력 억제망은 지금 이 순간에도 문제없이 가동되고 있었다.

"그, 그럼 대체 어떻게……?"

"그것까지 말해줄 의무는 없지. 내가 미치지 않은 이상은."

적시운은 수풀로 이루어진 담장을 가리켰다.

"그러니 저 너머에 있는 아가씨더러 이리 나오라고 전해. 관음증 환자처럼 숨어서 구경하지 말고."

"크윽! 가, 감히……?"

"날 먼저 속인 것은 그쪽 아닌가? 이 정도 대접쯤은 각오했을 텐데."

냉랭한 적시운의 대꾸에 조로아스터는 이를 악물었다.

"그쯤 해둬, 조로아스터."

낭랑한 음성이 수풀 뒤에서 들려왔다. 기계음이나 디스토션은 조금도 섞여 있지 않은 맑고 또렷한 음성. 20대 정도로 추정되는 여성의 목소리였다.

과연 탐스러운 흑발의 여성이 수풀 담장 너머로 걸어 나왔다. 백작 대역과 달리 화려함과는 거리가 먼 수수한 옷차림이었지만 누가 봐도 이쪽이 진짜라는 것을 느낄 수가 있었다.

"무릎을 꿇어야 하나?"

적시운의 물음에 여인이 빙긋 웃었다.

"필요 없다. 어차피 진심 따윈 담겨 있지 않은 격식일 테니."

"그건 그렇지."

"네가 그 소문의 동양인이로군."

"당신은 오스카 백작이고."

"오스카리나 오즈마. 내 이름이다. 기억해 두도록."

적시운은 고개를 끄덕였다. 조로아스터와 가짜 백작은 그녀를 향해 무릎을 꿇고선 고개를 조아리고 있었다. 오스카리나 백작은 그게 마뜩잖은 듯 미간을 살짝 찡그렸다.

"적당히 하고 일어나도록."

"예, 각하."

자리에서 일어난 조로아스터가 중년 사내에게 눈짓을 보

내 물러나도록 했다.

"좀 걸을까, 적시운?"

"그러지."

두 사람은 수풀 담장을 따라 걸음을 옮겼다. 조로아스터가 전전긍긍하는 표정으로 그 뒤를 따랐다.

"매카시를 해치웠다는 얘기를 들었을 땐 반신반의했었는데, 지금 보니 그랬을 법도 하다는 생각이 드는군. 제법 놀라기는 했지만 말이다."

"나도 반신반의했던 건 마찬가지야. 정말로 이 도시의 지배자가 당신일 줄은 몰랐으니까."

"너무 어려서? 그게 아니면 여성이라서?"

"둘 다."

오스카리나 백작은 픽 웃었다.

"지배자에게 있어선 그다지 좋지 않은 조건이지. 때문에 나는 전면에 나서는 일은 최소화하고 있다. 나보다는 조로아스터가 나서는 편이 효과적이기도 하고."

"그래서 자신의 정체를 중년 남성으로 위장한 건가?"

"딱히 위장을 한 적은 없다. 그저 쓸데없는 정보 유출을 피했을 뿐이지. 애당초 피지배자들에게 있어 지배자의 정체 따위야 그리 중요한 게 아니니까."

"흠."

"그저 자신을 배부르게 해줄 수 있는 사람이라면 누구든 따르는 게 인간의 습성이다."

그랬던가?

적시운은 미네르바를 통해 보았던 백작의 정보를 떠올려 봤다. 하지만 대강 넘겼기 때문인지 기억이 가물가물했다.

"그보다……."

오스카리나 백작이 몸을 빙글 돌려 적시운을 마주했다.

"슬슬 본론에 대해서 듣고 싶군. 네가 제안하고 싶다는 거래 내용에 대해서 말이다."

7

"내가 제안할 내용은 간단해. 어느 정도는 예상했겠지만."

적시운은 차분한 태도로 말했다.

"무의미한 싸움은 이쯤에서 끝내고 싶다. 서로를 잡아먹으려 드는 건 그만뒀으면 해."

"흐음."

오스카리나 백작이 미묘한 콧소리를 냈다.

"그러니까 쉽게 말해 휴전 요청이라는 건가?"

"종전 요청이지."

여백작은 빙긋 웃었다. 꾸며진 것과는 거리가 먼 화사한 미소. 그러나 동시에 날카로운 가시가 숨겨져 있는 듯한 느낌이었다. 생각 없이 만졌다간 필시 깊게 찔리고 말 터였다.

"네 말대로군, 조로아스터. 정말 건방지기 짝이 없는 인간이야."

"……"

"1등 시민은 분명한 특권층이지. 하지만 그것도 어디까지나 일반적인 평민을 기준으로 했을 때의 얘기일 뿐이야."

오스카리나의 음성에서 한기가 풀풀 흘렀다.

"너는 나와 대면한 것만으로도 크나큰 은혜를 입었다. 한데 그 고마움도 모르고서 흘러나오는 대로 지껄이고 있구나."

적시운은 픽 웃었다.

"정말 썩어빠진 정신머리로군."

"뭐라고?"

"내가 네게 느끼는 고마움이란 예고 없이 찾아온 손님을 마중 나온 집주인에게 느낄 만한 수준에 지나지 않아. 그 이상도 이하도 아니다."

"네놈! 감히 백작님께 그따위 망발을!"

"닥쳐, 조로아스터!"

오스카리나 백작의 앙칼진 일갈에 조로아스터가 크게 움찔했다.

"내가 대화하고 있거늘 감히 끼어들다니, 네놈까지 정신이 나가 버린 것이냐?"

"죄, 죄송합니다."

"그리고 너."

오스카리나 백작은 살기 어린 미소를 띤 채 적시운을 돌아 봤다.

"내가 손가락만 까딱해도 네 목이 달아날 거라는 사실은 알고서 지껄이는 건가?"

"……."

"이곳 스트롱홀드의 모든 설비는 나 오스카리나에게 맞추어져 있다. 내 음성과 호흡, 심박 패턴과 감정에 반응하게끔 설계되어 있지."

철컥. 처처처척!

정원 곳곳에서 요란한 소리들이 울렸다.

멀쩡해 보이던 나무가 좌우로 갈라지거나 장식용 석상이 뒤집히는 가운데, 매끈하게 도색된 총구들이 모습을 드러냈다. 앞서 조로아스터의 집무실에서 봤던 것과 비슷한 병기들. 차이가 있다면 대체로 스케일이 더 크다는 점이었다.

"하나같이 레어급 이상의 이온 화기들이지. 대형 마수라 해도 삽시간에 갈가리 찢어버릴. 인간 따위가 버텨낼 수 있는 레벨이 아니다."

"확실히 인상적이긴 하지만……."

태연히 주변을 돌아본 적시운이 말했다.

"이 상황에서 쏴 갈겼다간 너나 저 작자도 무사하진 못할 텐데?"

"이제 와서 내 걱정을 해주는 건가?"

"딱히 걱정은 아니고, 사실이 그렇다는 거지."

"염려할 것 없다."

오스카리나는 자신만만한 미소로 대꾸했다.

"이곳의 화기가 모두 불을 뿜더라도 내가 다칠 일은 없으니까."

"보호 아티팩트로 몸을 도배한 모양이지?"

"뻔한 질문을 하는군. 설마 내가 아무런 대비도 없이 너 같은 위험 분자를 만나러 나왔으리라 생각했나?"

"그렇다는 건…… 여기서 싸움이 발생하면 저 불쌍한 작자만 위험해진다는 소리로군."

조로아스터를 가리키며 말하는 적시운. 오스카리나의 미소가 한층 짙어졌다.

"네놈은 다칠 일 없다는 것처럼 지껄이는구나."

"사실이니까."

"허풍이 심하군. 아니면 제정신이 아닌 건가?"

"어느 쪽이라 생각하든 상관은 없지만……."

적시운의 얼굴에서 웃음기가 사라졌다.

"저 쇳덩이들로도 나를 막을 순 없다. 그 점만큼은 명심하는 게 좋을 거다."

"흥! 그깟 허세로 이 오스카리나를 겁줄 수 있으리라 생각한 건가?"

"그래."

그저 사실만을 적시한다는 느낌의 담담한 어조. 지나치게 차분한 적시운의 태도가 오스카리나는 거슬렸다.

"미쳤군. 괜한 시간 낭비를 했어. 더 이상 네놈과 얘기를 나눠봐야 의미가 없겠군."

"도망치겠다는 건가?"

"하!"

신경질적으로 코웃음을 치는 오스카리나. 이윽고 그녀의 얼굴에서 웃음기가 완전히 사라졌다.

"조로아스터, 네 의견은 역시 기각해야겠다. 매카시를 해치웠다기에 조금은 다를 줄 알았는데. 그저 제 능력에 취한 미치광이에 불과했군."

"제 불찰입니다, 각하."

"가 보겠다. 놈을 제거한 후 잔당들까지 소탕하도록."

"예."

당사자를 앞에 두고서 진행되는 이야기. 하기야 압도적인 힘과 권력을 지녔으니 세상 두려울 것이 뭐가 있을까. 그녀는 한 도시의 지배자. 사실상 에메랄드 시타델의 여왕이라 할 수 있었다.

그런 그녀에게 있어 그저 남보다 조금 뛰어난 것에 불과한 일개 이능력자 따위는 아무것도 아닐 터였다. 아무리 강대한 개인이라 해도 다수를 능가할 수는 없기에.

그리고 그녀는 시타델의 절대다수를 지배하는 존재이기에.

'하지만 오늘만큼은 아니다.'

적시운은 성큼성큼 걸어가 오스카리나 백작의 바로 앞을 가로막았다. 여백작은 황당함과 짜증이 섞인 얼굴로 적시운을 바라봤다.

"이런다고 내가 네놈을 죽이지 못할 것 같은가?"

"원래대로면 제안만 전달하고서 돌아갈 생각이었지. 사실 이렇게 대면할 수 있을 거라고는 생각하지 못했거든. 하지만 네 덕분에 마음이 바뀌었다."

"뭐라고?"

"나는 적들의 심장부에 들어와 있고 눈앞에는 우두머리가 떡하니 서 있지. 이 좋은 기회를 그냥 날려 버릴 수는 없잖아?"

오스카리나 백작이 일그러진 미소를 지었다.

"그래서, 이 오스카리나 오즈마를 제압하기라도 해보겠다는 건가?"

"응, 일단은."

"조로아스터! 물러나라. 역시 내 손으로 직접 끝장을 내야겠다."

처처처척!

그녀의 외침과 동시에 정원 곳곳에 설치된 총구들이 적시운을 겨냥했다. 동시에 오스카리나 백작의 몸 근처를 감싸는 반투명한 막. 아티팩트에 의해 전개되는 배리어가 분명했다.

조로아스터가 헐레벌떡 정원 바깥으로 내달렸다. 오스카리나는 잔인한 미소로 적시운을 바라봤다.

"죽을 각오는 되었나?"

"전혀."

적시운은 단전의 기운을 끌어올렸다. 건물 전체에 펼쳐져 있는 결계로 인해 이능력은 봉쇄된 상태. 하지만 개의치는 않았다. 그의 무기는 이능력 하나만이 아니기에.

게다가 오스카리나 백작은 적시운과 두어 걸음밖에 떨어져 있지 않았다. 초근접 상태라고도 할 수 있을 터.

이 거리에서 적시운이 두려움을 느낄 존재는 아무것도 없었다.

쿠구구구.

단전으로부터 솟구쳐 나온 내력이 용암처럼 질주했다. 막대한 기운이 적시운의 혈관을 타고 흘렀다. 상대적으로 주변이 느려지는 듯한 감각 속에서 적시운은 목표물을 겨냥했다. 해치울 거라면 속전속결로.

적시운은 진각을 내디뎠다.

'뭣……!?'

오스카리나 백작의 등허리에 오한이 돋았다. 변변한 무기 하나 소지하지 않은 사내의 한 걸음. 그 별것 아닌 움직임이 그녀의 감각을 강하게 찌르고 들어왔다.

순간 적시운의 신형이 눈앞에서 사라졌다.

쾅!

막대한 힘이 배리어를 직격하고 그 반발로 인해 그녀의 몸이 주르륵 밀려났을 때까지도 오스카리나는 뭐가 어떻게 된 것인지 가늠하지 못했다.

쿠구구구!

배리어와 함께 통째로 밀려난 그녀의 몸이 수풀 담장과 부딪혔다. 최고급 아티팩트들로 중무장한 만큼 그녀가 받은 느낌은 미세한 격통뿐이었으나 그것만으로도 정신을 차리기 힘들었다. 처음으로 느껴보는 고통이었기에.

"크윽!"

오스카리나 백작은 애써 정신을 가다듬고는 머릿속으로

명령을 내렸다. 그녀의 뇌파에 의해 조종되는 총화기들이 열 감지 센서를 통해 적시운을 조준했다.

드르르륵!

타다다당!

레어 등급 이온 터렛들이 불을 뿜기 시작했다.

'얕았다.'

시우보를 유지한 채 탄환 세례를 피하면서 적시운은 생각했다.

'자체 물리력을 지닌 배리어로군.'

이능력을 상쇄시키는 배리어가 있는가 하면 흔히 알려진 보호막과 같은 물리장 배리어도 있는 법.

이온 에너지를 그대로 물리력으로 변환한 것인데, 깨부수는 방법 자체는 간단했다. 보다 강력한 물리력으로 부숴 버리면 그만.

다만 조금 전의 권격 정도로는 턱도 없을 터였다.

'그보다……'

조금 전부터 등허리에서 격통이 느껴졌다. 최대한 속도를 내고는 있었지만 역시 총탄을 완전히 따돌리기는 버거운 모양이었다.

'그렇다면.'

적시운은 방향을 급전환해 오스카리나를 향해 달렸다. 그녀 또한 적시운을 발견하고는 소리쳤다.

"네놈, 대체 정체가 무엇이냐!"

"사냥꾼!"

대답을 마치자마자 적시운이 우뚝 멈췄다. 부산스럽게 움직이던 총구들이 삽시간에 한곳을 집중 겨냥했다.

'끝이다!'

오스카리나 백작이 그렇게 생각한 순간. 돌연 적시운이 바닥을 주먹으로 내려쳤다.

쩌저저적!

거짓말처럼 수 갈래로 갈라지는 바닥.

적시운의 몸이 붕괴되는 바닥과 함께 아래로 떨어졌다.

"말도 안 돼!"

스트롱홀드의 각 층간의 두께는 족히 1m에 이른다.

그 두꺼운 바닥을 맨주먹으로 부숴 버리다니?

'육체 강화계 이능력자? 그게 아니면 아티팩트를 쓴 건가?'

어느 쪽이든 말이 되지 않았다. 이능력 억제장은 문제없이 가동 중. 엘리베이터 내에서 적시운 모르게 X선 검색 또한 이루어졌다. 적시운은 무기는커녕 변변한 물건 하나 지니지 않고 있었다.

결국 어떤 것의 도움도 없이 맨주먹만으로 바닥을 부쉈다는 뜻. 그렇게밖에는 생각할 수가 없었다.

"조로아스터! 놈이 육체 강화계였나?"

"아, 아닙니다. 놈은 염동술사입니다. 게다가 육체 강화계라 해도 억제장 안에서는 힘을 발휘할 수 없지 않습니까?"

분명 그러했다. 하도 어이가 없다 보니 그런 기초적인 사실조차 잠시 망각한 오스카리나 백작이었다.

어쨌거나 황당해하고만 있을 수는 없었다.

"놈이 이대로 탈출할지도 모른다. 건물 내의 병력을 총동원해서 놈을……!"

쩌적. 쩌저저적!

순간적으로 발밑이 허전해지는 느낌.

오스카리나 백작은 산산이 부서지는 바닥을 보며 기겁했다.

"크윽!"

"백작님!"

조로아스터의 외침은 바닥의 붕괴음에 묻혀 버렸다.

바로 아래층으로 떨어져 내린 오스카리나는 그대로 엉덩방아를 찧었다. 그나마도 배리어 덕에 이 정도로 끝난 것. 맨몸이었다면 어디가 부러지거나 찢겼을 터였다.

"네가 떠들어 댄 대로 확실히 저 장난감 총들이 성가시더라고."

이제는 익숙해질 대로 익숙해진 목소리.

오스카리나는 황급히 몸을 일으켰다.

"그래서 장소를 옮기기로 했지. 터렛에 발이 달려 있지는 않을 거 아냐?"

"네, 네놈!"

"마지막 경고다, 백작."

적시운은 담담한 어조로 말했다.

"지금이라도 생각을 바꾸고 내 제안을 받아들여. 그러지 않으면 네가 자랑하던 아성이 송두리째 무너지게 될 거다."

"흥! 약간의 잔재주를 가지고 기고만장해서는!"

처처처척!

사방에서 총구들이 튀어나왔다. 이곳 또한 그녀의 관저 내부인 것은 동일했던 것이다.

"정원에만 이온 터렛을 달아놓았을 거라 생각한다면 오산이야!"

"아, 그래?"

적시운은 지체 없이 바닥을 내리찍었다. 깜짝 놀란 오스카리나 백작이 물러나려 했으나 그녀의 걸음보다도 바닥이 붕괴하는 속도가 더 빨랐다.

"너, 너!"

콰드드드드!

바닥이 통째로 박살 나는 붕괴음 속에서 적시운의 목소리가 또렷하게 들려왔다.

"그럼 다 부숴 버리면 그만이지."

8

쿠구구. 쿠구구구…….

간헐적인 진동이 스트롱홀드의 아래층에까지 전달됐다.

수백 명에 달하는 건물 내 인원들이 불안한 얼굴로 천장을 바라봤다.

"뭐지?"

"지진이라도 난 건가?"

"그럴 리는 없잖아. 머리털 난 이후로 시타델에 지진이 난 적은 한 번도 없었어. 그 전에도 마찬가지고."

"연구동에서 뭔가 실험이라도 하는 거 아냐?"

"건물이 흔들릴 정도의 실험이라면 바깥에서 해야지."

미묘한 긴장 속에 대화를 나누는 사람들. 그때 창밖을 바라보던 누군가가 화들짝 놀라 소리쳤다.

"어이! 저걸 봐!"

창 너머로 후두두 떨어져 내리는 돌 부스러기와 파편. 이윽고 큼직한 석재 조각이 떨어져 내렸다. 누가 봐도 고층에서 떨어져 나왔음이 분명한 것들.

사람들은 한층 가중된 불안 속에 서로를 돌아봤다.

"대체 뭐가 어떻게 돌아가는 거지?"

"각하! 백작님!"

스트롱홀드 59층의 실내 정원.

조로아스터는 거대한 구멍 앞에 엎드린 채 소리치고 있었다.

쿠궁. 쿠구구궁……!

아래쪽에선 여전히 굉음이 들려오는 중. 실시간으로 건물 바닥이 박살 나는 소리였다. 그럴 때마다 대량의 먼지가 구멍 위로 치솟았다.

"제기랄! 빌어먹을!"

조로아스터가 패닉 속에서 연신 욕설을 토했다. 상상조차 하지 못한 상황에 뭘 어떻게 해야 할지 알 수가 없었다.

"조로아스터 님!"

관저의 수비를 맡고 있는 병사들이 다가왔다. 가실 병사라기보다는 일꾼에 가까운 이들. 그리 많은 숫자는 아니었다. 스트롱홀드의 무인 방어 시스템이 워낙 완벽했기에 정작 수비 병력은 그리 필요치 않았던 것이다.

하기야 누가 상상이나 했겠는가. 강력한 염동력 억제장과 엄중한 검사 체계, 이 두 가지만으로도 감히 스트롱홀드를 침범하기 어려워지는데 이온 터렛이 주축이 된 무인 방어 시스템은 화룡점정이나 다름없었다.

최고급 기간틱 아머라도 끌고 오지 않는 이상은 관저를 습격하는 건 불가능하다. 그리고 기간틱 아머를 이곳까지 가지고 오는 것 또한 불가능한 일.

결국 이곳, 스트롱홀드 내의 관저는 시타델뿐 아니라 뉴 텍사스주 전체를 통틀어 가장 안전한 공간이라 할 수 있었다.

'한데!'

고작 단 한 명의 인간에게 깨지고 말았다. 변변한 병기는 커녕 장난감 칼 하나 소지하지 않은 인간에게!

'대체 어떻게! 대체 놈이 무엇이기에!'

"조로아스터 님?"

불안 속에서 병사들이 질문했다. 그들 또한 조로아스터만큼이나 현 상황에 당황하고 있었다. 조로아스터와 달리 뭐가 어떻게 돌아가는지는 짐작조차 하지 못했고.

"시스템이 오작동이라도 일으킨 것입니까? 그게 아니면……."

해킹당했거나.

병사들이 할 수 있는 추측이란 고작 그 정도에 불과했다.

조로아스터는 홱 고개를 들었다. 아직 패닉 상태에서 완전히 벗어나지는 못했지만 그래도 뭔가라도 명령해야만 했다.

"중무장하여…… 아래층으로 내려가라. 놈을 쫓아가라."

"예? 놈이라니요?"

"제기랄! 닥치고 아래층으로 가란 말이다! 놈이 이곳을 빠져나가게 두어선 안 돼!"

어물거리던 병사들이 헐레벌떡 달려갔다. 그 와중에도 명령을 제대로 이해하지 못한 얼굴들이었지만 어쩔 수 없었다. 정작 조로아스터로서도 대체 뭐라 설명해야 할지 알 수가 없었으니.

"큭."

침음을 흘리던 조로아스터가 통신기를 들었다. 그리고 특무부와 직통으로 이어지는 버튼을 눌렀다. 매카시를 비롯한 중추가 전멸하긴 했으나 적지 않은 요원이 아직 남아 있었다.

"특무부 요원들에게 알린다."

잠시 멈추었던 조로아스터가 이내 머릿속을 정리하고서 말했다.

"매카시 및 요원들을 살해한 악도…… 적시운이 스트롱홀드에 침입해 테러를 자행했다. 놈은 현재 건물 내에 있으며 백작님에게 위해를 가하려 하고 있다."

잠시 고민하던 조로아스터는 이내 결심을 굳혔다.

"건물 내의 이능력 억제장을 해제하겠다. 수단과 방법을 가리지 말고 놈을 사살하라!"

억제장을 해제하면 적시운 또한 마음껏 이능력을 사용하게 된다. 하지만 그러한 리스크를 감수하고서라도 해제해야만 했다.

'지금까지의 상황으로 봐선, 놈은 억제장 내에서도 모종의 능력을 발휘할 수 있다고 봐야 한다.'

그것이 이능력인지 뭔지는 조로아스터로서도 알 길이 없었다. 하지만 억제장이 별 영향을 주지 못한다는 것만은 분명한 사실. 그렇다면 차라리 억제장을 해제, 아군 요원들의 능력을 활용하는 편이 나았다.

'아마도……!'

그럴 것이다. 그래야만 한다.

조로아스터는 기도하는 심정으로 뇌까렸다.

"아아아악!"

오스카리나 백작은 비명을 질렀다. 그러는 동안에도 그녀의 발아래는 지속적으로 무너져 내리는 중이었다. 층 하나가 붕괴되면 바로 아래층이, 이어서 또 그 아래층 바닥이 박살 났다. 여백작은 숨 돌릴 틈도 없이 떨어지고 또 떨어져야만 했다.

그러한 낙하의 연쇄가 마침내 멈추었다.

"크윽!"

바닥에 널브러진 오스카리나 백작이 겨우 상체를 일으켰다. 그래도 배리어 덕분에 파편에 짓이겨지진 않았다. 추락으로 인한 대미지도 거의 없어, 가벼운 찰과상을 입은 것이 상처의 전부였다. 그럼에도 조금도 안심할 수 없었지만.

스르륵.

자욱한 흙먼지를 헤치고서 나타나는 인영.

"너어!"

오스카리나 백작은 지체 없이 손을 뻗었다. 그녀가 끼고 있는 백금제 팔찌로부터 푸른빛의 광선이 방출되어선 검의 형상을 갖췄다.

에픽 레벨 암릿(Armlet) 이온 블레이드.

초고밀도로 압축된 이온 에너지가 형상화된 칼날의 절삭력은 수 m 두께의 강화 합금마저 두부처럼 잘라낼 수준이었다.

"타앗!"

기합성과 함께 검격을 펼치는 오스카리나 백작. 흙먼지마저 깔끔하게 갈라놓은 검격은 애꿎은 허공만을 스쳤다.

'사라졌다?'

조금 전까지도 눈앞에 있었던 인영이 감쪽같이 자취를 감췄다.

먼지로 인해 시야가 사실상 마비됐기 때문이리라.

백작은 그렇게 생각하며 주변을 살폈다.

쐐액!

섬전과도 같은 강격이 그녀의 좌측면에서 펼쳐졌다.

쾅!

한순간이었다. 오스카리나 백작이 반응하지도 못한 사이에, 막대한 물리력을 지닌 권격이 그녀의 측면 배리어를 후렸다.

반발력으로 인해 밀려난 그녀의 몸이 장식용 기둥과 충돌했다. 이번에도 배리어 덕분에 큰 상처를 입진 않았다. 그러나 격한 흔들림으로 인한 현기증은 어쩌지 못했다.

"크윽……."

파츠츠. 파직.

눈앞에서 일어나는 미세한 스파크.

오스카리나 백작은 그게 무엇인지 깨닫고서는 경악했다.

"마, 말도 안 돼……!"

배리어가 임계점 이상의 대미지를 입었을 때 일어나는 현상. 문자 그대로 배리어가 부서지려 하고 있었다.

저벅. 저벅.

뚜렷한 발소리가 그녀의 고막을 때렸다. 오스카리나 백작은 생전 느껴본 적 없는 감정 속에서 가까스로 몸을 일으켰다.

분명한 공포.

피부가 하얘지도록 주먹을 쥔 손끝이 파르르 떨렸다.

"네 관저를 벗어난 모양이군. 이 층부터는 설치된 총화기가 거의 없는 걸 보니."

"큭……!"

"널 지켜줄 기계 장치도 더 이상은 없다, 백작."

스르륵.

어둠 속에서 적시운의 모습이 나타났다. 오스카리나 백작의 정면. 여전히 아무런 무기도 소지하지 않은 모습이었다.

"너, 너!"

"왜?"

태평하기까지 한 반문에 백작은 잠시 할 말을 잃었다. 그러나 이내 정신을 다잡고서 적시운을 노려봤다.

"네놈, 대체 정체가 뭐야? 인간형 마수라도 되는 것이냐?"

"이 도시에 처음 입성했을 때 검사하지 않았던가? 너희 과학자들이 직접 말이다."

"그들을 속여 넘겼겠지! 정신 조작을 가했거나, 아니면 다른 방법을 써서!"

"그렇게 생각하고 싶다면 좋을 대로 해. 그런데 말이지. 설령 그렇다고 해도 뭐 어쩔 건데?"

"뭐라고?"

"이 마당에 내가 인간이 아니라고 하면 뭐가 달라지기라도 하냐는 거다."

"큭!"

오스카리나 백작은 말문이 막혔다.

저 말이 옳았다. 설령 적시운이 인간형 마수라고 해도 달라지는 것은 없었다.

"하지만 분명히 말해두지. 나는 마수 따위가 아니야. 오히려 마수를 증오하는 인간이지."

"거짓말!"

"말했잖아. 거짓말이라고 생각하고 싶다면 마음대로 하라고."

적시운이 한 걸음을 내디뎠다. 오스카리나 백작은 자기도 모르게 뒤로 물러났다. 그리고 자신이 물러났다는 사실을 깨닫고서 흠칫 몸을 떨었다. 시타델의 지배자, 에메랄드 도시의 여왕으로서의 자존심이 산산이 부서지는 순간이었다.

"저, 절대 용서 못 해."

파츠츠츠!

이온 블레이드의 에너지가 한층 맹렬해졌다. 그녀의 의지에 반응해 출력이 상승한 것이다.

늘어뜨린 손 너머로 거의 1미터 가까이 뻗어 나온 칼날. 칼끝에 닿은 바닥이 오븐 속 치즈처럼 녹아내렸다.

적시운은 물끄러미 그 모습을 바라봤다. 약간의 긴장감조차 없는 얼굴. 오스카리나 백작은 그 사실에 거듭 분노했다.

"관두는 게 좋을걸. 그렇게 출력을 높이다간 네가 다칠 수도 있어."

"이제 와서 날 걱정하는 척이라도 하겠다는 건가?"

"걱정이라고 할 정도까지는 아니고, 네가 죽기라도 하면 내 입장이 애매해지잖아."

"뭐야?"

"지금이라도 마음을 돌린다면 이쯤에서 끝낼 용의는 충분히 있다. 내 목적은 이 도시에 있는 게 아니니까."

"하! 왜? 이제 와서 겁이라도 나는 모양이지?"

냉소 띤 얼굴로 적시운을 비꼬는 오스카리나 백작. 그러나 정작 적시운은 시큰둥할 따름이었다.

"생각 좀 하고 나서 말을 뱉는 게 어때, 백작 나리."

"뭐라고?"

"이 마당에 대체 내가 무엇 때문에 널 두려워할 거라 생각하는 거지? 오히려 그 반대 아닌가?"

"내, 내가? 이 오스카리나 오즈마가 너 따위를 두려워한
다고?"

"마음속에 두려움에 대한 반발로 인해 과민 반응을 보이는
거잖아. 네가 정말 두려울 게 없다면 여유로운 태도를 보여
야 정상이지."

"다, 닥쳐! 미천한 버러지 주제에!"

"너나 닥쳐, 멍청한 년아."

"......!"

오스카리나 백작은 순간 멍해졌다. 그녀가 태어난 이래 그
누구에게서도 들어본 적이 없는 폭언이었다.

적시운은 나직이 혀를 차고서 팔짱을 꼈다. 오스카리나는
망치로 한 대 얻어맞은 것 같은 얼굴로 적시운을 바라볼 따
름이었다.

'왜 저러지?'

[금지옥엽으로 자라난 것들의 공통적인 반응이야. 신경 쓸 필
요 없네.]

마음속의 천마가 대수롭지 않다는 투로 말했다.

[그나저나 자네 정말 무르구먼. 실로 물러터졌어.]

'뭐가?'

[지금 자네가 고민하는 까닭은 이제 어떻게 해야 하나 싶어서

아닌가?]

그건 그랬다. 일단 일을 저지르긴 했지만, 머리가 식고 나니 뒷수습을 어떻게 해야 할지 골치가 아팠다.

'뭐 좋은 생각이라도 있어?'

[간단하네. 저 계집을 완전히 굴복시키게. 그러고 나서 자네가 이 도시의 진정한 지배자로 거듭나는 걸세.]

'굴복시키라고?'

[완전 항복을 받아내란 이걸세. 자네의 수족이 되도록 만들라는 것이네.]

'말이야 쉽지. 저렇게 제 잘난 맛에 사는 녀석이 쉽게 마음을 꺾겠어?'

[후후후.]

천마의 웃음소리에 적시운은 순간 소름이 돋았다.

[방법은 언제나 있는 법이지.]

9

적시운은 미간을 찌그렸다.

'그 방법이라는 게……'

뭐냐고 물으려는 찰나, 사위를 감싸는 분위기가 달라졌다.

평소처럼 느껴지는 염동력 감지망. 필시 이능력 억제망이

해지된 것이 분명했다.

'그렇다는 건……'

간단했다. 이능력자 부대를 투입해 적시운을 때려잡겠다
는 뜻.

'조로아스터가 어지간히도 급했던 모양이군.'

냉정을 잃어 그런 판단을 내린 것이겠지만, 어쨌든 적시운으
로서는 좋은 일이었다. 쓸 만한 무기 하나가 더 생긴 셈이니.

그때 충격 속에 굳어 있던 오스카리나 백작이 돌연 검을
휘둘렀다. 정작 칼날은 적시운의 털끝조차 스치지 못했지만.

"비천한 것! 죽여 버리겠어!"

앙칼지게 소리치는 오스카리나 백작. 시타델의 지배자로
서의 위엄은 오래전에 사라진 뒤였다.

"일단은 제압부터 해야겠군."

"누구 마음대로!"

오스카리나 백작이 재차 이온 블레이드를 휘둘렀다.

"타앗!"

기합성과 함께 연신 허공을 가르는 검격. 부채꼴로 펼쳐지
는 검의 궤적 속에서 주변 사물들이 깔끔하게 절단되었다.
닿기만 한다면 적시운의 육체조차도 양단을 면하지 못할 터.

이온 블레이드의 절삭력은 확실히 경이로웠다. 그녀의 검
술 역시 마찬가지. 제법 고급스러운 검술을 익혔다는 게 느

꺼졌다.

다만 상대가 너무나 안 좋았다.

[검공이 아니라 검무를 배운 것 같구먼. 실속은 없고 화려하기만 한 게, 허세 부리는 놈들이나 좋아할 법한 검술이야.]

'너무 혹독한 평가 아냐?'

[본좌가 반대로 묻지. 자네는 저 검격을 보고 등골이 오싹해지는가?]

적시운은 이온 블레이드의 궤적을 유심히 살펴보고는 대답했다.

'아니.'

내내 회피하기만 하던 적시운이 방향을 전환했다.

탓!

순간적인 가속으로 사정권을 벗어난 적시운. 벽을 스치고 지나간 그의 손아귀에 무언가가 들렸다. 짤막한 철근이었다. 잘려 나간 벽틈으로 삐져나온 걸 그대로 뽑아 든 것이었다.

스스스스.

철근 위로 흑색의 기운이 덧씌워졌다. 완연한 천마검기.

벽을 차고 회전한 적시운은 재차 여백작을 향해 쇄도했다.

'빠르다!'

오스카리나 백작은 이를 악물었다.

이능력을 지니지는 않았다지만, 그녀는 결코 평범한 인간이 아니었다. 북미 제국은 우수한 인간을 육성하기 위해 다각도로 연구를 지속해 왔다. 그리고 그 결실을 각 귀족의 자녀들에게 적용했다.

오스카리나 오즈마 또한 그중 하나였다. 육체적으로는 물론 지능적으로도 인간의 기준을 넘어선 초인. 이능력을 통한 강화가 아니라 유전자 레벨에서의 개조가 가해진 것이기에 억제망의 영향을 받지도 않았다.

물론 현재는 이능력 억제망이 사라진 상태. 그러나 적시운은 억제망이 펼쳐져 있을 때에도 저러한 움직임을 보였었다.

'설마 놈도 나와 같은⋯⋯?'

카앙!

눈앞에서 섬뜩한 스파크가 작렬했다. 가까스로 검격을 막아낸 오스카리나 백작이 비틀거리며 물러났다.

"큭!"

적시운과 자신의 상태를 살핀 그녀가 재차 침음을 흘렸다. 강화 금속으로 만들어졌다고는 하지만 그래 봐야 철근 쪼가리. 이온 블레이드와 부딪친 이상 깔끔하게 절단되었어야 했다. 그걸 들고 있던 적시운까지 통째로!

그러나 적시운은 멀쩡했다. 손에 들린 철근 또한.

오스카리나 백작은 악몽을 꾸는 듯한 기분이었다.

"너도 나와 같은 부류야?"

"뭐?"

"나와 같은 신인류냐고!"

앙칼진 외침에 적시운은 미간을 찡그렸다.

"소리 지르는 게 음파 병기가 따로 없군. 그나저나 그 신인류라는 건 또 뭐야?"

"나처럼 수정란 착상 단계에서 유전자 조작을 받은 거냐고!"

"……."

적시운은 시큰둥한 눈으로 오스카리나 백작을 응시했다.

"그러니까, 너는 일종의 유전자 조작 생물이란 건가?"

"나는 신인류다. 황제 폐하의 명을 받들어 우매한 민중을 인도할 의무가 나에게 있다."

"장비발을 감안하더라도 강하더라니. 이유가 있었군."

적시운은 철근 끝을 까닥거렸다.

"원래대로면 일격으로 검신을 부셔졌어야 정상이거든. 뭐, 그래 봐야 다음이 한계일 테지만."

"큭!"

오만하기 짝이 없는 헛소리!

그러나 오스카리나 백작은 굴욕감을 느끼면서도 적시운의 말에 반발하지 못했다.

저 사내라면 정말 가능할지도 모른다.

그런 생각이 뇌리를 스쳤기 때문이다.

오스카리나 백작은 그 사실을 인정할 수 없었다. 진보한 신인류인 자신이 상대방에게 완전히 압도당했다는 사실을.

육체 능력은 B등급 강화 능력자에 필적하며 지능 지수는 최소 150 이상. 어느 모로 보나 그녀는 우월한 인간이었다.

그래야만 했다.

콰광! 콰과광!

주변의 벽에서 폭발이 일었다. 시타델 소속 이능력자 부대, 특무부 요원들이 들이닥친 것이었다.

적시운은 딱히 놀라지 않았다. 저들이 접근하고 있다는 건 이미 오래전부터 감지하고 있었기에.

"여유 부릴 상황은 아닌 것 같군."

그렇다면 지금껏 여유를 부리고 있었단 말인가?

거듭된 모멸에 오스카리나 백작은 간신히 붙들고 있던 이성의 끈을 놓았다.

"죽여 버리겠어!"

백작은 적시운을 향해 정면으로 치고 들어갔다. 특무요원들이 황급히 그녀를 지원하고자 이능력을 펼쳤다. 거의 동시에 적시운에게로 쇄도하는 공격. 하나는 오스카리나 백작의 검격, 다른 하나는 염동술사 요원이 생성한 무형의 화살이었다.

적시운은 요원이 날린 화살을 똑같은 염동력으로 상쇄시켰다. 동시에 용신퇴를 펼쳐 바닥을 힘껏 내리찍었다.

쿵!

쩌저저적!

순간적으로 갈라지는 바닥. 앞서 여러 차례 펼쳤던 바닥 부수기였으나 이번에는 거기서 끝이 아니었다.

'아!'

발을 디딜 기반이 무너지자 백작의 검식도 삽시간에 무너졌다. 반면 적시운은 무너지는 바닥의 파편들을 하나씩 밟으며 백작에게로 쇄도했다.

천하보의 다섯 번째 걸음인 비엽보(飛葉步).

적시운은 백작을 향하여 그대로 날아들었다.

"크윽!"

오스카리나 백작이 가까스로 검을 휘둘렀다. 자세가 무너졌음도 불구하고 상당한 힘이 실려 있는 검격. 그러나 원래의 위력엔 턱없이 부족했다.

적시운은 천마검기가 실린 철근을 횡으로 휘둘렀다.

파지지직!

이온 에너지로 이루어진 칼날과 적시운의 검기가 한데 뒤얽히는가 싶더니…….

파앙!

풍선이 터지는 듯한 소리와 함께 이온 블레이드가 깨져 나갔다. 검신에 가해진 물리력을 더 이상 감당하지 못한 것이다.

'아……!'

찰나의 순간, 오스카리나 백작은 공포 속에서 적시운을 바라봤다. 배리어가 펼쳐져 있다는 사실은 약간의 위안조차 되지 못했다.

쿵.

적시운은 다시 한번 용신퇴를 밟았다. 그가 딛고 있던 큼직한 파편이 부스러기가 되어 흩날렸다. 허공을 차오르는 동시에 주먹을 그러쥐었다. 용신퇴를 밟음으로써 솟구친 경력이 물 흐르듯 천랑섬권으로 이어졌다.

콰과과과!

특무부 요원들이 볼 수 있었던 것은 바닥이 부서지며 생겨난 흙먼지뿐이었다. 그 과정에서 뭔가가 벌어지긴 했다. 적시운과 백작, 두 사람의 움직임이 망막에 희미하게 남아 있었다. 하지만 정확히 무슨 일이 벌어졌는지는 아무도 몰랐다.

"이, 일단은 아래층으로!"

요원들은 곧장 바닥 구멍으로 뛰어들었다. 리스크가 크긴 했지만, 계단을 찾는답시고 꾸물거리는 것보단 나았다.

다섯 명의 요원이 아래층으로 내려섰다. 염동술사 요원이

급히 능력을 발휘해 흙먼지를 흩어냈다.

"저기!"

한 요원의 손끝을 다른 이들의 시선이 뒤따랐다. 요원들은 상정할 수 있는 최악의 상황에 직면했음을 깨달았다.

"크……!"

적시운은 고급 소가죽 소파에 태연히 앉아 있었다. 그 옆으로는 혼절한 오스카리나 백작이 비스듬히 누워 있었다. 그녀의 입가로 가느다란 선혈이 흘러내렸다.

"네놈, 감히 백작님을!"

"죽이진 않았어."

적시운의 음성은 담담했다.

"하지만 수틀리면 죽일 수도 있지."

"크……!"

요원들은 이를 악물었다.

분명한 의도. 허튼수작을 부렸다간 언제라도 백작의 목을 꺾어버리겠다는 경고였다.

"좋습니다, 우리가 졌으니 백작님을 해치지 말아주세요."

갈색 머리칼의 동양인 여성 요원이 앞으로 나섰다. 물끄러미 그녀를 응시하던 적시운이 물었다.

"네가 책임자인가?"

"임시직이긴 하지만, 그렇습니다. 사망한 매카시 전 수석 요원의 후임을 맡게 된 특무부 수석 요원 실피드입니다."

"그럼 내 덕분에 승진한 거군. 감사 인사는 하지 않아도 돼."

탐색을 겸하여 도발을 해보았으나 실피드는 아무런 동요도 보이지 않았다. 다른 요원들 또한 그다지 분노하는 기색은 아니었다.

"매카시도 어지간히 인망이 없었나 보군."

"두려워할 순 있어도 존경할 수는 없는 인물이었지요."

"뭐, 좋아. 어쨌든 상황이 이렇게 되어버렸는데. 역시 너희는 어떻게든 날 죽이려 할 테지?"

"그렇지 않습니다. 백작님을 무사히 돌려주신다면 당신에게 손끝 하나 대지 않겠습니다."

"그거, 얼마나 어처구니없는 말인지는 너 자신이 더 잘 알테지?"

"……."

실피드의 얼굴에 난색이 드러났다.

"저희에게 뭔가 제안하실 거라도 있는지요? 솔직히 말하자면, 저로서는 무엇을 제안해야 당신이 받아들일지 모르겠습니다."

"흠."

그래도 이쪽은 말이 통하는 느낌이었다.

"차라리 네 쪽이 백작이었다면 얘기가 수월했을 텐데."

"네?"

"아무것도 아냐. 어쨌든 백작을 건네준다면 내 안전을 보장하겠다는 건가?"

"그렇습니다. 시타델 특무부의 명예를 걸고서 반드시 약속을 지키겠습니다."

"좀 미안한 얘긴데."

적시운은 냉소를 머금었다.

"약속을 담보할 만한 명예란 게 과연 있기는 한지 의문이군. 시타델이나, 너희 특무부나."

"……."

붉어진 얼굴로 고개를 숙이는 실피드.

적시운은 어깨를 으쓱했다.

"뭐, 좋아. 어쨌든 내가 제안할 것은……."

"적시운!"

분노로 가득한 외침에 대화가 중단됐다. 이윽고 시뻘게진 얼굴의 조로아스터가 병사들을 이끌고서 나타났다.

"이런 패악을 저지르고도 살아서 돌아갈 수 있을 것 같나!"

"……라고, 네 상관은 말하는군."

"조로아스터 님……!"

당황한 실피드가 외칠 무렵, 조로아스터 또한 상황 파악을 마쳤다. 그리고 기겁했다.

"가, 각하!"

"아무래도 지금은 인사를 받지 못할 것 같은데."

"크윽……!"

비아냥거리는 적시운의 말에도 조로아스터는 침음만 삼켰다. 조금 전처럼 열불을 냈다간 자칫 오스카리나 백작이 다칠 염려가 있었다.

"조금 전의…… 무례에 대해선 진심으로 사죄하겠다."

눈에 띄게 의기소침해진 태도로 조로아스터가 말했다.

"부디 오스카리나 백작님을 해치지 말아주었으면 한다."

"너희들 하는 거 봐서."

"무엇을 원하지?"

"네 앞에서도 말하지 않았던가?"

종전 요청. 지금까지의 갈등 관계를 모조리 무로 돌린다.

오스카리나 백작은 일언지하에 이를 거절했었다. 그러나 상황이 이렇게 된 이상 얘기가 달라질 수밖에 없었다.

"네 제안을 받아들이겠다. 그러니 백작님을 풀어다오."

"싫어."

단칼에 거절하는 적시운.

조로아스터의 낯빛이 한층 파래졌다.

"어째서냐?"

"나야말로 묻고 싶어지는데. 애초에 네게는 내 제안을 받아들일 권한이 없지 않나?"

그건 그랬다. 권한을 지닌 것은 어디까지나 백작 본인뿐이
었다.

"그러니까……."

적시운은 담담히 말했다.

"너희 백작을 좀 빌려가야겠어."

제17장
펜타그레이드(1)

1

오소독스 서부.

본디 토마호크 클랜의 본거지로 쓰이던 캠퍼스엔 새로운 주인들이 자리 잡았다. 김은혜가 이끄는 이주자들이 마을을 떠나 이곳으로 옮겨온 것이다.

본래 그들이 거주하던 마을은 오소독스의 동부 밀림과 인접해 있었다. 그만큼 위험도가 높은 것이 사실. 비교적 안전한 이곳으로 이주하는 것은 필연이었다.

토마호크 클랜이 캠퍼스를 대대적으로 뜯어고쳐 요새화했다는 점도 큰 이점이었다. 그 대부분은 적시운의 습격으로 인해 파괴되었지만.

그래도 나쁜 일은 아니었다. 그 습격 덕분에 그들이 살아 남을 수 있었으니.

게다가 부서진 건물들을 재건하는 과정에서 자연히 무리 전체가 활기를 띠게 되었다.

"아마도 사람들은…… 시타델을 떠나온 이래 처음으로 희 망을 느끼고 있을 테지."

"매일매일이 지금만 같았으면 좋겠어요."

김은혜는 세실리아를 돌아보며 웃었다.

"내 생각도 그렇단다."

"시타델 사람들은 우리를 잊었을까요?"

잊었기를 바란다는 말투.

김은혜는 굳어지는 표정을 애써 풀었다.

"그건 이 할미도 모르겠구나."

"거짓말. 큰할머니는 모르시는 게 없잖아요. 게다가……."

세실리아는 무릎에 얼굴을 파묻었다.

"영원히 이곳에서 평화롭게 살아간다는 건 불가능한 꿈이 겠죠. 저도 그쯤은 알아요."

"……."

"마수가 되었든 인간이 되었든, 언젠가는 또 다른 누군가 의 손길이 이곳에 뻗칠 거예요. 그게 아니더라도 언젠가는 식량과 자원이 바닥날 테고요. 그러니까…….”

혼잣말하듯 말을 잇던 세실리아가 흠칫하여 고개를 돌렸다.

“죄송해요. 괜히 쓸데없는 얘기를…….”

“아니, 오히려 내가 미안하구나. 네게 그런 걱정까지 하게 만들다니.”

“아뇨, 큰할머니 잘못이 아니에요. 누구의 잘못도 아니죠.”

세실리아가 김은혜의 품에 머리를 기댔다. 김은혜는 말없이 그녀의 머리칼을 쓰다듬었다.

“오빠는 잘 지내고 있을까요?”

오빠라고 한다면 한 사람뿐. 김은혜는 적시운을 머릿속으로 떠올렸다.

조로아스터와 접촉해 달라, 김은혜가 만나기를 청한다고 전해달라.

김은혜가 적시운에게 부탁했던 내용이었다.

세실리아가 말했던 불안 요소는 이미 김은혜가 오래전부터 생각해 오던 것들.

‘이 아이가 이 정도로 불안을 느낄 정도라면 정말 한계에 다다랐다는 뜻이겠지.’

당장 파국에 직면하진 않을 것이다. 하지만 피하는 것은 불가능했다. 대도시의 힘을 빌리지 않는 한, 그들은 내년을 넘기기도 어려울지 모른다.

하지만 조로아스터 측에선 아직까지도 연락이 없었다. 그녀가 지닌 정보를 더 이상 원하지 않거나, 원하더라도 대화할 생각 따위 없는 것인지도 모른다. 적시운이 아예 얘기하지 않았을 가능성도 낮지 않았다.

"어쩌면 그는 지금쯤 이 할미에게 화가 나 있을지도 모르겠구나."

"네? 누가요?"

"적시운 님 말이다."

"어째서요?"

"그에게 건넨 USB에 할미가 락을 걸어놓았거든."

"어, 음. 그러니까……."

"내용물을 아무 읽지 못하게 조치를 취해두었단다. 그 얘기를 미리 했어야 했는데, 깜빡하고 말았구나."

"그 정도로 큰할머니한테 화를 내진 않을 거예요."

정말 그럴까?

김은혜는 반신반의했다. 세실리아에겐 깜빡했노라고 말했지만, 사실 그녀는 일부러 락에 대해 적시운에게 말하지 않았다. 락을 풀기 위해서라도 다시 한번 자신을 찾아오도록 유도한 것이다.

하지만 생각해 보면 그녀를 찾아오는 것만이 유일한 해결

책은 아니었다. 시타델에도 프로그램 관련 전문가는 많을 테니까.

'오히려 긁어 부스럼을 낸 것일지도.'

김은혜는 내심 씁쓸함을 느끼며 먼 허공을 응시했다.

'잘 지내고 있는지 궁금하군요. 지금쯤은 당신의 목표에 조금은 더 다가갔을까요?'

김은혜는 한때 북미 제국 정부의 주요 연구원이었다. 그런 만큼 황제의 쇄국령이 얼마나 엄중하며 철저한지도 잘 알고 있었다. 적시운이 집으로 돌아가기 위해선 그러한 황제의 명령과 정면으로 부딪쳐야만 한다.

다시 말해 제국과 맞서는 수밖에 없다는 뜻. 결코 쉬운 길이 아니었다.

'어쩌면 시타델에서부터 난관에 봉착했을지도.'

그녀는 시타델의 주인에 대해서도 잘 알고 있었다.

오스카리나 오즈마 백작.

대체로 조로아스터에게 도시를 위임하다시피 한 게으른 귀족 정도로나 알려져 있는 인물. 하지만 김은혜는 그것이야말로 백작의 기만술임을 잘 알고 있었다. 허수아비인 조로아스터를 전면에 세우고서 실질적으로 시타델을 지배하는 그녀의 역량은 실로 무시무시했다.

'신인류 프로젝트의 산실이니.'

육체적으로나 정신적으로나 기존의 인간을 능가하는 존재들. 효율적인 지도자 양성을 위한 프로젝트의 일환으로 탄생한 아이들.

김은혜의 작품이었다. 그녀로 하여금 제국 정부를 떠나게 만든 원인이기도 했고.

'너무나 뛰어난 것이 너희가 지닌 문제였지. 결국 너희는 일반인을 업신여기고 얕잡아 보게 되었지.'

능력에 기인한 지나친 오만함.

기존의 인간들에게서도 나타나는 문제점이긴 했지만, 신인류에겐 이를 뒷받침하고도 남을 만큼의 능력과 지원이 주어졌다는 게 문제였다.

부당한 기준으로써 인간 사이에 격을 나누고, 그에 따라 차별적으로 대우한다. 지배층인 소수를 제외한 다수는 인간이 아닌 물건, 혹은 그 이하로 취급한다.

그 결실이 바로 에메랄드 시타델과 같은 도시들이었다.

민주주의 국가가 사라진 자리에 철 지난 중세 시대가 도래하고 만 것이다.

물론 그 모든 것을 계획하고 안배한 이는 황제였다. 하지만 김은혜가 만들어낸 결과물이 황제에게 있어 크나큰 도움이 됐다는 것은 부정할 수 없었다.

'나는 죄인이다. 그러니 너희를 비난하거나 꾸짖을 자격도

없지. 하지만 그 남자라면, 어쩌면…….'

김은혜는 먼 허공을 응시하며 생각했다.

'오스카리나, 네가 그 남자와 마주할 수 있기를 기원하마.'

뿌득!

조로아스터는 부러지지나 않을까 걱정될 정도로 이를 악물었다.

빌려간다고? 오스카리나 백작을, 에메랄드 시타델의 지배자를?

백작에 대한 일말의 존중심도 없는 태도는 둘째 치고서라도 놈이 의도하는 바를 도저히 용납할 수 없었다.

"백작님을 데리고서 무엇을 할 생각이냐!"

"대화, 설득, 교섭."

너무나 당연하다는 듯 대답하는 적시운.

덕분에 조로아스터만 미치고 팔짝 뛸 지경이었다.

"백작님을 납치하고서는 설득과 교섭을 하겠다고? 지금 나더러 그 말을 믿으라고 하는 소리냐?"

"믿지 않으면 어쩔 건데?"

"뭐, 뭣……?"

"믿지 않으면 어쩔 거냐고."

조로아스터의 말문이 막혔다. 적시운은 싸늘한 눈으로 그와 요원들을 돌아봤다.

"시작은 내가 아닌 너희가 한 것이었지. 매카시를 보낸 것도, 나를 죽이고자 한 것도."

"그, 그건 매카시가 독단으로······."

"너 또한 암묵적으로 동의했잖아."

조로아스터는 입을 다물었다. 도저히 반박할 수가 없었기에.

"뭐, 별문제야 있을까 하고 생각했겠지. 잘나신 네놈들에게 있어 인간 하나쯤을 지지고 볶는 것은 일도 아닐 테니까. 인간 하나가 아무리 날고 뛰어봐야 너희들의 아성을 뒤흔들 수는 없을 테니까."

"······."

"너희는 버러지들이다. 네놈도, 여기 이 계집애도."

"큭······!"

"사실 그건 아무래도 좋아. 인간이 선하고 정의롭다는 명제가 환상이란 것쯤은 나도 잘 아니까. 너희가 아무리 구린 짓거리를 하더라도 내 일이 아닌 이상은 나 또한 외면하고 신경을 껐겠지."

적시운의 눈빛이 착 가라앉았다.

"하지만 나를 방해하려 든다면 얘기가 달라지지."

"……!"

"더군다나 너희는 내게 확실히 보여줬어. 적당히 봐주면 언제 뒤통수를 칠지 모르는 족속들이란 것을."

"으음……!"

"어설프게 봐줬다가 휘둘릴 생각 따윈 없다. 너희 백작은 내가 데려간다. 막을 테면 막아봐."

조로아스터는 전에 느껴본 적 없는 굴욕감 속에서 주먹을 꾹 쥐었다. 단순히 백작이 인질로 잡혔기 때문이 아니다. 적시운의 말에 한마디도 반박할 수 없다는 점이 굴욕스러웠다.

"나한테 고마워나 하시지."

주먹을 들어 올린 적시운이 말했다.

"마음 같아선 이년이고 너희들이고 죄다 때려 부수고 싶으니까."

"……!"

쾅!

그대로 바닥을 내려친 적시운이 아래층으로 떨어졌다. 요원들이 움찔했으나 실피드가 손을 들어 올려 제지했다.

"추격하지 마라. 백작님의 목숨이 그의 손아귀에 달려 있다는 걸 생각해!"

조로아스터는 울컥하여 실피드를 돌아봤다.

'이 빌어먹을 년이……!'

이건 마치 적시운을 도우려는 느낌이 아닌가?

차분히 생각한다면 그게 아니라는 걸 알 수 있을 테지만, 지금의 조로아스터는 반쯤 이성을 잃은 상태였다.

"추격까지 금할 필요는 없지 않나! 놈이 어디로 달아났는지 정도는 파악해야 할 텐데!"

"그가 백작님을 해칠 수도 있습니다. 그 점도 감안해서 명령을 내렸습니다."

"놈은 백작님을 해치지 못해! 그러는 순간 놈의 숨통도 끊어질 테니까!"

"그걸 두려워할 남자였다면 이곳까지 단신으로 오지도 않았을 거라 생각합니다만."

"빌어먹을! 네년도 같은 동양인이라고 놈을 편드는 건가!"

실피드의 눈동자가 미세하게 흔들렸다.

"그렇지…… 않습니다."

그녀는 애써 적개심을 가라앉히고서 차분하게 말했다.

"조로아스터 님께서 명령하신다면 응당 그에 따를 것입니다. 명령만 내려주십시오."

어조는 공손하나 목소리엔 날이 서 있다.

일이 잘못되면 네가 책임져라.

마치 그렇게 말하는 것만 같았다.

"……빌어먹을!"

결국 명령을 내리지 못한 조로아스터가 애꿎은 콘크리트 파편을 발로 찼다. 벽에 부딪힌 파편이 퍼석 깨어졌다.

쿠궁. 쿠구궁.

먼 곳에서 연신 무언가가 부서지고 있었다. 적시운이 벽이나 바닥을 뚫고 있는 것일 터.

실피드는 착잡한 얼굴로 무너진 바닥을 응시했다.

끼이익.

유리잔을 닦던 작센이 힐끔 시선을 돌렸다. 손님의 얼굴을 확인한 그가 예의 건조한 투로 말했다.

"수배령이 떨어지진 않았다고 하지만, 대낮부터 너무 돌아다니는 건 삼가는 게 좋지 않을까 싶소."

"주의하지."

가게로 들어서는 적시운은 혼자가 아니었다. 누군가를 업고 있는 모습. 늘어진 머리칼 때문에 얼굴은 확인할 수 없었다.

"어디서 술 취한 아가씨라도 주워 오신 것이오?"

"댁도 그런 농담을 다 할 줄 아는군."

"농담이 아니라 모양새가 딱 그리해서 물어본 것뿐이오."

"뭐, 어찌 보면 비슷하긴 하군."

피식 웃은 적시운이 여인을 소파에 뉘었다.

제법 예쁘장한 묘령의 여인. 소녀티를 채 벗어나지 못한 보얀 얼굴이었다.

"어째 귀하의 곁에는 미인들만 꼬여드는 것 같구려."

"그게 감상의 전부야?"

"외모 품평이라도 해달란 말씀이오?"

"아니, 그건 아냐."

적시운은 고개를 저었다.

"그나저나 의외인걸. 당신도 이 녀석을 보는 것은 이번이 처음인가 봐?"

"나라고 해서 시타델의 미녀를 모두 꿰고 있는 것은 아니라오. 애초에 그런 쪽에는 관심도 없고."

"그런 의미로 한 말이 아냐."

"……?"

의아해하던 작센은 그녀의 의복이 상당한 고급품이라는 것을 깨달았다.

"어디 양갓집 규수라도…… 보쌈해 온 것은……?"

"바로 맞혔어."

"사냥꾼에서 납치범으로 전직이라도 하신 거요?"

"앞으로 부업으로 해볼까 싶기는 하군."

"좋소. 농담은 관둡시다. 저 처녀는 어디서 데려오신 거요?"

적시운은 빙긋 웃었다.

"놀랄 준비는 됐어? 댁이 기겁하는 모습을 보는 것도 꽤 진귀한 구경이 될 것 같긴 하군."

"설마……?"

작센의 얼굴이 정지 화면처럼 굳었다. 마침내 모든 걸 깨달은 것이다.

적시운은 그 짐작에 쐐기를 꽂았다.

"시타델의 백작 나리를 소개하지."

2

꿀꺽.

자기도 모르게 마른침을 삼켜 넘기는 작센. 그는 거듭 기절해 있는 여인을 살펴보았다.

그는 시타델 최고의 장물아비. 정보력 또한 손꼽히는 수준이었고, 오스카 백작이 젊은 여성이라는 것 또한 익히 알고 있었다.

백작을 직접 만나 본 적은 없었다. 그래도 그녀의 사진이 담긴 파일을 확인한 적은 있었다. 헤어스타일이 지금과 다르기는 했지만.

사실 다른 것보다도 심리적 요인이 컸다. 설마 시타델의 지배자인 오스카 백작이, 적시운의 손에 들린 채 납치당하리라고는 상상도 못 할 일이었으니.

우우웅.

바텐더 재킷 안의 핸드폰이 진동했다. 발신자를 확인하니 정보 제공자 중 하나였다.

"받아보지그래?"

"……잠시 실례하리다."

전화를 받아 든 작센이 짤막한 몇 마디를 나눴다. 1분이 채 안 되는 짧은 시간 동안 그의 얼굴이 눈에 띄게 파리해졌다.

"스트롱홀드를 뿌리째 뒤흔드는 진동이 발생했었다는구려."

통화를 마친 작센이 말했다.

"통제로 인해 자세한 확인은 불가능하지만, 상층부에서 폭발이 일어난 것만큼은 확실해 보인다는 보고였소."

적시운은 빙긋 웃었다.

"지방 정부 측의 발표는 어떻다는데?"

"연구동에서 실험 도중 사고가 발생했다고 발표했더군."

"실험 도중의 사고라. 나쁘지 않은 위장이네."

"정말 저 처녀가 오스카 백작이오?"

"깨어나면 한번 물어봐 줄까?"

"농담할 때가 아니오. 만약 귀하가 정말 백작을 납치해 온 거라면, 이곳이 벌집이 되는 것도 시간문제일 게요."

"뭐, 그럼 인질극이라도 벌이면 되지 않겠어?"

"이 마당에도 농담이 나온단 말이오?"

"흥분한 건 알겠는데, 진정하고서 냉정하게 생각해 봐. 놈들이 정말 그런 짓을 할지 말이야."

"으음……."

핸드폰을 내려놓은 작센이 침음했다. 확실히 적시운의 말이 옳았다. 그녀가 정말 오스카리나 백작이라면 상황의 주도권은 적시운이 쥐고 있는 것이 분명했다.

정면으로 공격해 들어오는 미친 짓은 꿈도 꾸지 못할 터. 남은 것은 특수부대를 침투시키는 작전뿐인데, 이 또한 리스크가 크기는 마찬가지였다.

게다가 무엇보다도……

'정작 작전을 펼칠 특수부대가 저 사내에 의해 궤멸당했다.'

이런 일을 위해 존재하는 것이 특무부. 하지만 매카시를 비롯한 특무부의 에이스가 싹 쓸려 나간 뒤였다.

그 외의 가능성은 그리 많지 않았다. 아예 없는 것도 아니었지만.

"자칫하면 제국의 중앙정부를 자극할 수도 있소."

작센은 여전히 긴장을 풀지 못한 어조로 말했다.

"귀하가 정말 제국의 백작을 납치한 거라면 이건 황제에 대한 명백한 도발로 받아들여질 수 있소. 만약 조로아스터가 눈 딱 감고서 중앙정부에 보고를 올리기라도 한다면……."

"한다면, 어떻게 되는데?"

"펜타그레이드가 파견될지도 모르지."

"그게 뭔데?"

작센은 순간 말문이 막혔다.

"펜타그레이드를 모르시오?"

"모르니까 묻지. 설마 알면서도 쓸데없는 질문을 하겠어?"

"으음."

"당신 반응을 보니 코흘리개 애들도 알 법한 당연한 상식인 모양이지?"

"그렇소."

"좋아. 어쨌든 나는 모르니까 좀 친절히 설명해 주었으면 좋겠어."

"으음, 그러리다."

헛기침을 한 작센이 말했다.

"이능력자인 귀하 또한 알고 있겠지만, 통상적인 이능력 랭크는 알파벳순으로 정렬되오. 단 하나의 예외가 A랭크 위에 존재하는……."

"S랭크지."

다른 분류법으로는 전략 병기급, 또는 오메가 레벨 이능력자로도 불렸다.

"음, 제국 정부가 공식적으로 발표한 S랭크 이상의 이능력자는 모두 9명이오. 그중 제국 정부에 속해 있는 이는 5명이오. 황제에게서 초법적 지위를 하사받은 결전 병기들이지."

"잠깐, S랭크 이능력자가 9명이나 된다고?"

"그렇소만. 뭔가 문제라도 있소?"

"……아니, 아무것도 아냐."

적시운은 내심 혀를 내둘렀다. 대한민국 정부 소속 S랭크 이능력자는 단 2명. 더군다나 그중 한 명은 중상을 입어 식물인간 상태였다.

'한데 이곳엔 국가 소속 이능력자만 5명이 있다는 거군.'

하긴 인구수를 감안한다면 황당무계한 일은 결코 아니었다. 전쟁 이전의 기준이긴 해도, 미국의 인구수는 대한민국의 6배 이상이었으니.

물론 고위 이능력자의 숫자가 인구수에 비례한다는 통설이 확실한 진리는 아니긴 했다. 그래도 상식적으로 봤을 때 인구가 많을수록 고위 이능력자의 수가 많으리라는 추측쯤은 가능했다.

"그 다섯 명의 정부 소속 이능력자를 펜타그레이드라고 부르는 모양이군."

"그렇소. 달리 그랜드 마스터라고도 부르긴 하지만, 이건 S랭크 이능력자 전체를 아우르는 호칭이니 조금 다르긴 하오."

"어쨌든 그들이 나설 수도 있다는 건가?"

"그럴 가능성이 있다는 거요. 그리 높지는 않지만."

"지금까지 이와 비슷한 일로 그들이 나선 적이 있었어?"

작센이 주춤했다.

"그건…… 잘 모르겠군. 귀족이 납치당하는 일 자체가 드물뿐더러 그게 한 도시의 지배자인 경우는 전대미문이니."

"대강 비슷한 경우는 있었을 것 아냐?"

"레전더리 레벨의 마수가 출현했을 때 펜타그레이드가 나선 적이 있기는 하오."

"그리 많지는 않은 모양이지?"

"그렇긴 하오. 1년에 두세 번 출정하면 많은 편이니."

"게다가 조로아스터 입장에선 함부로 황제에게 알리기도 어렵겠지. 자칫하면 백작의 목이 달아날지도 모르니까."

그건 그랬다. 애초에 이번 일을 실험 사고로 위장한 것부터가 사건을 확대하지 않겠다는 의도였으니.

"그래서, 이제부터 어쩔 생각이오?"

"일단 백작을 아지트로 데려갈 생각이야. 그래서 차량 좀 빌리려고."

"그러고 보니 용케 여기까지 오셨군. 미행도 달지 않고서 말이오."

"추격자를 붙이지 않더군. 뭐, 제대로 판단할 줄 안다면 당연히 그래야겠지만."

이 시간대의 암흑가가 비교적 한적하다는 점도 한몫했다. 하지만 아지트까지 가려면 번화가를 통과해야 하니 얘기가 달라졌다. 앳되긴 해도 엄연한 성인 여성을 업고 다니면 눈에 띌 수밖에 없을 것이다. 적시운은 그것을 염두에 두고서 차량을 빌리러 온 것이었다.

"염동력을 써서 날아갈까 생각도 해봤는데, 그것도 눈에 제법 띌 것 같더라고."

"잘 생각하셨소. 요즘은 상공 정찰용 무인 드론이 많아져서 하늘이라고 안심할 수는 없소."

"그래? 뭐, 어쨌든 차량 한 대를 좀 빌렸으면 하는데."

"따라오시오. 판매용은 아니지만 괜찮은 자동차가 있으니."

"렌트 비용은 여느 때처럼 계좌에서 까."

작센은 고개를 가로저었다.

"장물아비로서가 아니라 작센 번스타인 개인으로써 빌려주는 것이오. 돈은 필요 없소."

"백작 얼굴 구경시켜 줘서 그러는 거야?"

"그렇지 않소."

고개를 가로저은 작센이 말했다.

"친딸처럼 여기는 아이를 구해준 데 대한 보답일 뿐이오."

"클라리스 말인가?"

"그렇소. 물론 이 정도로 전부 보답할 수 있으리라 생각하진 않소만."

"보답이라면 됐어. 일방적으로 내 쪽에서 도와주기만 한 것도 아니니."

적시운은 작센에게서 키를 넘겨받았다.

"자동차는 잘 쓰고 돌려주지."

거대한 사무실 안.

수십 대의 평면 모니터가 한쪽 벽면을 차지하고 있었다. 각각의 화면엔 시타델 곳곳의 전경이 비치는 중이다. 특이하게도 대부분이 위에서 아래를 내려다보는 구도였다.

"빌어먹을."

조로아스터는 초조함 속에 손끝을 질겅거렸다. 도시 내의 모든 폐쇄회로 TV를 확인하는 걸로 모자라 수십 대의 정찰용 드론을 상공에 뿌려 놓았다.

스트롱홀드 내의 직원들이 총동원되어 화면을 분석하는

중. 그럼에도 적시운의 그림자조차 찾아낼 수 없었다.

"축하하네, 수석 요원."

조로아스터는 바로 옆의 실피드를 향해 말했다. 다분히 비꼬는 어조로.

"자네의 판단 덕분에 놈이 완전히 증발해 버렸어. 백작님과 함께 말이야."

"……."

실피드는 무표정한 얼굴로 침묵했다. 감정을 표출해 봐야 그녀에게 이로울 게 없는 일. 그래도 억울한 것은 사실인지라 귀뿌리까지 붉게 상기됐다.

'내 판단은 틀리지 않았어.'

매카시를 처치한 걸로 모자라 단신으로 스토롱홀드에 쳐들어온 사내. 더군다나 오스카리나 백작의 목숨 또한 그의 손에 달렸다.

그런 마당에 함부로 추격을 명령한다는 게 가당키나 한 말인가?

'사무국장은 판단력을 상실했다.'

전대미문의 사태로 인해 조로아스터는 패닉에 빠져 있었다. 그 때문에 평소라면 그냥 넘어갔을 일마저도 물고 늘어지고 있었다.

"조만간 적시운 쪽에서 접촉을 시도할 것입니다. 그때까지 기다리는 게 낫지 않겠습니까?"

"정말 누구 편인지 모르겠군. 아예 놈한테 도시 전부를 가져다 바치라고 하지 그러나?"

"……."

"왜, 내가 정곡이라도 찌른 모양이지?"

실피드는 지그시 입술을 깨물었다.

위기 순간이 닥쳤을 때 그 인간의 본성이 드러난다던가?

눈앞의 사내는 그녀가 알고 있던 조로아스터가 아니었다. 평소의 냉정은 온데간데없었고 애꿎은 분풀이를 엉뚱한 대상에게 하고 있었다.

"왜 대답을 못 하나, 실피드 요원!"

"대답해야 할…… 가치조차 느끼지 못했기 때문입니다."

결국 저질러 버렸다. 실피드는 내심 아차 싶었지만 이미 뱉어버린 말이었다.

조로아스터의 눈동자가 착 가라앉았다.

"그 말, 상관 모독으로 받아들여도 되겠지?"

"더 드릴 말씀이 없습니다."

"좋을 대로 하라는 소리군. 아주 좋은 자세야. 과연 매카시의 뒤를 이은 수석 요원답군."

"……."

조로아스터가 그녀의 뒤에 있던 요원들에게 눈짓했다.

"상관 모독자 실피드 리넨을 현 시간부로 구속한다. 이능력 억제 수갑을 채운 후 지하 수감실에 가둬두도록."

"......!"

명령을 듣고도 우물쭈물하는 요원들. 정말 이래도 되나 하는 표정에 조로아스터가 악을 질렀다.

"네놈들도 명령에 불복할 텐가!"

"아, 아닙니다."

요원들이 다가와 수갑을 내밀었다. 실피드는 질끈 이를 악물었지만, 저항하지 않고서 손을 내밀었다.

조로아스터는 싸늘한 눈으로 그녀를 바라봤다.

"네년에 대한 처분은 백작님께서 돌아오신 후에 하겠다. 그분께서 무사하시기만을 기도하는 게 좋을 거다."

"......"

"빌어먹을 튀기 년."

"......!"

울컥한 실피드가 조로아스터를 노려봤다. 조로아스터는 냉소로 그녀의 시선을 받아쳤다.

"흥, 이제야 반응이 오는군. 목석같은 네년도 자기 혈통을 비하하는 건 참을 수 없는 모양이지?"

"지금 큰 실수를 범하고 계신 겁니다, 사무국장님."

"네년에게 그딴 말을 듣고 싶진 않다. 실수라면 놈과 내통한 네년이 실수한 거지."

"저는 오늘 처음 그자를 보았습니다!"

"어련하시겠어. 차후 벌어질 재판에서도 어디 그렇게 주
장해 봐라. 뭐, 즉결 처분될 가능성이 훨씬 크겠지만."

"조로아스터 사무국장!"

"얼른 끌고 나가라."

조로아스터가 손을 내저었다. 실피드가 거칠게 몸을 비틀
었으나 이능력이 억제된 그녀로서는 요원들의 완력을 당해
낼 수 없었다.

그녀가 나간 직후 조로아스터는 다시 모니터를 돌아봤다.
사실 화면은 눈에 들어오지도 않았다. 두개골 안에 뜨거운
불덩어리라도 쑤셔넣은 것 같은 기분이었다. 매카시의 심정
을 이제야 이해할 것만 같았다.

'적시운……!'

3

"큭?!"

오스카리나가 벌떡 상체를 일으켰다.

"허억, 헉……."

식은땀으로 흥건히 젖어 있는 그녀의 어깨가 위아래로 오

르내렸다.

눅눅하면서도 싸늘한 공기, 까칠까칠한 소파의 감촉.

모든 것이 낯설고 섬뜩했다. 보금자리가 아닌 장소, 그것을 자각함으로써 몰려드는 오한. 스트롱홀드에선 상상도 못할 일이었다.

첨단 환기 시스템에 의해 습도와 온도는 언제나 적정 수준으로 유지되었고 벨벳과 고급 모피로 만들어진 가구들은 하나같이 아늑했다.

지금의 환경은 정반대. 모든 것이 낯설고 적대적이었다.

사실 일반 시민의 기준에서 본다면 그럭저럭 괜찮은 고급 저택이었다. 그러나 그녀에게 있어선 허름한 감옥이나 다름없었다. 사실상 차이가 없기도 했고.

"깨어났군."

이제는 익숙해진 목소리. 오스카리나는 흠칫하여 몸을 움츠렸다.

적시운은 탁자 하나를 사이에 두고서 의자에 앉아 있었다.

사각사각.

접시 위의 허공에 사과 하나가 들려 있었다. 역시나 허공에 들린 부엌칼이 주변을 빙빙 돌며 껍질을 깎아내고 있었다. 마치 정밀 기계로 깎아낸 것 같은 깔끔한 모습.

적시운은 여덟 조각으로 나뉜 사과가 담긴 접시를 밀어냈다.

"자."

"……."

"배고플 텐데 좀 먹지그래?"

오스카리나는 손을 뻗는 대신 경계심 가득한 눈으로 적시운과 사과를 번갈아 보았다. 그 와중에도 눈을 마주치진 못했다. 그녀는 조심스럽게 자신의 몸을 살폈다. 도합 7개에 이르는 아티팩트가 하나도 남아 있지 않았다.

"네가 한 건가?"

"뭐를?"

"내 아티팩트들."

"아."

적시운은 고개를 끄덕였다.

"위협적이진 않아도 귀찮기는 하니까. 당연히 전부 압수해 둬야 하지 않겠어?"

"……."

오스카리나는 지그시 입술을 깨물었다. 마치 온몸이 발가벗겨진 듯한 느낌에 그녀는 두 손으로 어깨를 움켜쥐었다.

"감히……!"

"감히는 무슨. 네가 내 입장이었으면 장비를 그냥 내버려 뒀을 건가?"

"그 손으로 한 거야?"

"뭐?"

"그 손으로…… 내 몸을 더듬어서……."

적시운은 표정을 팍 구겼다.

"별 쓸데없는 걸 가지고."

"쓸데없다고?"

"걱정 마시지. 몸수색은 이걸로 했으니."

적시운은 손가락 위로 부엌칼을 빙글빙글 돌렸다.

염동력을 받아 춤추던 칼날이 사과 조각에 깔끔히 꽂혔다.

"나도 네 몸 같은 건 만지고 싶지 않아."

"뭐, 뭐야?"

"왜 화를 내는데? 만져 주었으면 좋겠다는 건가?"

오스카리나의 말문이 순간 막혔다. 이윽고 그녀가 한층 풀죽은 어조로 말했다.

"그럴 리가 없잖아."

"거봐."

적시운은 그릇을 가리켰다.

"어쨌든 출출할 텐데 먹어. 강화 인간이라 해도 한나절을 굶은 이상은 배가 고플 테지."

"……무슨 꿍꿍이지?"

"꿍꿍이라니?"

"갑자기 친절한 척 구는 이유가 뭐냐고. 이제 와서 겁이라도 나는 거야?"

적시운은 오스카리나를 물끄러미 바라봤다. 대체 무슨 말을 하는 거냐는 시선에 오스카리나는 울컥했다.

적시운이 담담한 어조로 물었다.

"내가 왜 너를 겁내야 하지?"

"나, 오스카리나 오즈마가 바로 시타델의 지배자니까."

"그건 너를 겁낼 이유가 되지 못해."

"뭐라고?"

"너를 백작으로 만드는 건 네 자신이 아냐. 너를 추종하는 골 빈 놈들과 이 도시지."

"큭……!"

"그리고 지금 네 곁엔 그러한 요소들이 하나도 없지. 지금의 너는 백작도 뭣도 아냐. 징징거리기만 하는 계집애일 뿐이지."

"가, 감히!"

오스카리나가 자리를 박차고 일어났다. 그러나 그 이상의 행동을 보이진 못했다. 그녀는 신인류라 불리는 강화 인간. 하지만 그 힘과 지능은 지금 이 순간 너무나도 무력했다.

그 사실을 자각한 오스카리나의 미간으로 적시운의 싸늘한 시선이 꽂혔다.

"앉아. 내 손으로 앉히기 전에."

오스카리나는 거부하려 했다. 시타델의 주인, 뉴 텍사스주에서 으뜸가는 지배자로서의 자존심을 보여주고 싶었다.

그러나 본능적인 공포가 자존심을 압도했다. 복부가 욱신거렸다. 정신을 잃기 전 적시운의 주먹에 맞았던 위치였다.

레어 등급 물리력 배리어마저 부수고서 들어온 권격. 그나마 배리어가 위력을 상쇄시켜 줬기에 망정이지, 그러지 않았다면 그녀의 몸뚱이는 멀쩡히 남아 있지 못했을 것이다.

물론 그 사실은 아무런 위안도 되지 못했다. 이미 그 주먹은 그녀의 뇌리에 깊이 각인된 뒤였기에.

오스카리나는 뒤늦게 떠올렸다. 깨어난 이후 적시운과 눈한 번 제대로 마주치지 못했다는 것을. 그 사실을 자각했을 때 그녀의 엉덩이는 소파에 맞닿아 있었다.

"아……."

"이제야 대화가 통할 것 같네."

적시운이 피식 웃었다. 완전히 압도당한 오스카리나는 아무 말도 꺼내지 못했다.

"어제도 말했던 것 같지만 내게 이 도시를 뒤집어엎을 생각 같은 건 없어. 내 목적은 이곳에 있는 게 아니니까."

"아직까지도……."

주저하던 오스카리나가 조심스럽게 입을 뗐다.

"아직까지도 종전을 바란다는 거야?"

"그래, 그리고 네가 나를 좀 도와줬으면 한다."

"도와달라고?"

"그래."

오스카리나는 고개를 푹 숙였다.

"어디까지 나를 비참하게 만들어야겠어?"

"……?"

"너는 무기 하나 들지 않은 채 혼자서 스트롱홀드를 찾아왔지. 그리고선 나를 쓰러뜨려선 그곳을 유유히 빠져나왔어. 첨단 보호 시스템과 병력으로 무장된 곳을 말이야."

사실 운이 좀 따른 면도 있었다. 정공법을 택했다면 이처럼 수월하지는 않았을 테니까. 곧바로 백작과 조우한 덕택에 그녀를 제압, 인질로 삼을 수 있었다.

이온 터렛도 마찬가지. 기능에 대해 주절주절 떠들어준 덕분에 대처하기도 쉬웠다. 그 전에 이미 기감을 통해 대략 파악해 두긴 했지만.

어쨌거나 오스카리나 본인의 방심이 사태를 악화시킨 셈. 그 점만은 의심의 여지가 없었다.

하기야 누군들 그러지 않을까. 무기 하나 없는 단신으로 스트롱홀드의 보안을 뚫는 괴물이 있을 거라고, 그 누가 상상이나 했을까.

적시운은 실로 전무후무한 일을 해냈다. 최소한 뉴 텍사스주 내에서는 그 누구도 이 같은 일을 해내지 못할 것이다.

"너는 승리자야. 그리고 승자에겐 권한이 있지. 패자를 마음대로 다룰 권한이."

적시운은 피식 쓴웃음을 지었다.

"조금 전까지 떠들던 내용과는 정반대로군. 너무 갑작스럽게 태도를 뒤집는 것 아냐?"

"뒤늦게나마 현실을 자각하게 됐으니까."

"뒤늦게라는 표현을 쓰기엔 너무 빠른 것 같은데."

비꼬는 듯한 적시운의 말에도 그녀는 화를 내지 못했다. 현실을 자각했다는 본인의 표현처럼.

오스카리나는 두 발을 끌어모아 무릎 사이에 얼굴을 파묻었다. 그녀의 매끈한 종아리가 드레스 자락 사이로 드러났다.

"그러고 보니 용케 그 옷차림으로 검을 휘둘러 댔군."

"나와 같은 신인류에게 있어 옷차림의 제약은 크지 않으니까."

"그 신인류라는 게 대체 뭐지?"

작게 심호흡을 한 오스카리나가 설명했다.

"제국을 지탱하기 위한 엘리트를 양성하기 위한 인간 개조 프로젝트야. 빼어난 지성과 육체를 지닌 인간으로 하여금 시민들을 다스리게 하는 것이 목적이었어."

"그렇다는 건, 다른 귀족들도 전부 너와 같은 부류라는 건가?"

"그렇진 않아. 나를 비롯한 10명 정도만이 시범용으로 도시를 맡게 되었으니까."

"보아하니 제대로 된 프로젝트는 아닌 것 같군. 대체 어떤 놈이 그런 계획을 주도한 거지?"

"당신도 알고 있는 사람이야."

"……김은혜로군."

적시운이 알고 있는 연구원이라면 그녀뿐. 게다가 이 경우 그녀와 시타델의 연관성도 상당 부분 들어맞게 된다.

오스카리나는 고개를 끄덕였다.

"그래, 사실 그녀의 목적은 지배자가 아닌 봉사자를 길러내는 것이었어."

"하지만 그녀의 뜻대로 되지 않은 거군."

"그래, 중요한 것은 그녀나 다른 이들의 생각이 아니라 황제 폐하의 뜻이니까."

북미 제국의 황제, 라자루스 1세.

황제에 대해선 단편적인 정보밖에 알지 못했다. 그마저도 미네르바를 통해 얻은, 북미 제국 측에서 일방적으로 제공한 정보일 뿐. 조금도 객관적이라고 볼 수 없었다.

"너는 황제를 직접 만나 봤겠군."

"그래."

"북미 제국의 황제는 대체 어떤 작자지?"

오스카리나의 눈동자가 순간 가늘게 떨렸다.

"세상의 지배자라는 표현이 그 누구보다도 잘 어울리는 존재지. 내게 공포를 느끼게 한 두 사람 중 하나야."

"두 사람?"

"그래, 다른 한 명은 바로 당신이야."

오스카리나는 고개를 들어 적시운을 보았다.

"처음엔 내가 누군가에게 겁먹었다는 사실을 받아들일 수 없었어. 하지만 이내 떠올렸지. 예전에도 이와 같은 감정을 느꼈었다는 사실을."

"황제와 대면했을 때?"

"그래, 그의 눈동자를 보았을 때."

오스카리나의 눈동자는 부드러운 연녹색이었다. 그녀가 다스리는 도시의 이름처럼.

"황제는 우리에게 말했어. 보다 강한 자, 보다 우월한 자가 그렇지 못한 이들을 지배해야 한다고. 강한 자는 무엇이든 할 수 있으며 힘의 논리는 언제나 정당하다고."

"미친놈일세."

"예전이었다면…… 아니, 어제까지만 해도 그런 대답을 들었다면 머리끝까지 분노했을 거야. 하지만 지금은 그러지 않아. 당신의 힘이 나를 능가한다는 것을 납득했으니까."

"새삼스러운 사실도 아니잖아? 개인 전투력만 보자면 너를 능가할 사람은 네 밑에도 많을 텐데."

"그것과는 달라. 특무부 요원들, 설령 매카시라 해도 나보다 강대할 순 없어. 단순한 육체적 능력뿐 아니라 권력과 지력 등의 요소 또한 고려해야 하기 때문이지."

건장한 체구의 거지 청년은 왜소하고 나약한 권력자보다 빼어난 육체적 조건을 지니고 있다. 하지만 어느 누구도 거지 청년을 권력자보다 강자라고 생각하지 않는다. 육체적 능력 외에도 한 개인의 힘을 구성하는 요소가 여럿 존재하는 까닭이다.

오스카리나의 힘은 단순히 강화된 육체에서만 나오는 게 아니었다. 지성을 비롯한 재능은 물론, 백작으로서의 지위와 권력 또한 그녀의 힘을 구성하는 요소였다.

"종합적 측면에서 봤을 때 나는 그 시타델의 그 누구보다도 우월해. 매카시도 마찬가지지. 나는 단 한순간도 놈을 두려워한 적이 없어."

"하지만 나는 다르다는 건가?"

"그래, 나는 당신이……."

오스카리나는 눈을 내리깔았다.

"무서워."

"하."

적시운은 헛웃음을 지었다.

"조금 전까지만 해도 딱히 무서워하는 것처럼 보이진 않았는데."

"허세를 부린 것뿐이야. 하지만 이젠 아냐. 당신이 마음만 먹는다면 나를 죽일 수 있다는 것을 아니까."

"죽고 싶지는 않다는 건가?"

"……그래."

"흠."

적시운은 팔짱을 꼈다.

[복종하겠다는 말을 참 장황하게도 하는구먼. 이래서 머리에 든 게 많은 사람은 귀찮지. 쉬운 말도 빙빙 돌려서 하니 말일세.]

'그녀를 믿을 수 있을까?'

[본좌는 세상 그 누구도 신뢰하지 않았네. 자네에게도 그러기를 권하고 싶군.]

'좋아. 어쨌든 어제 말했던 방법이란 것에 대해 설명해 봐.'

4

[흠.]

천마가 턱수염을 쓰다듬는 모습이 적시운의 뇌리를 스쳤다.

[본좌가 즐겨 사용했던 방식은 크게 둘이네. 여성의 경우라면 셋이지만.]

'세 가지나 된다고?'

[십만 교도와 일천 마병 위에 군림하려면 그쯤은 되어야지 않겠나?]

'……'

[말만 하게. 본좌가 지닌 지혜의 보따리를 자네를 위해 풀어 줌세.]

'일단 무엇무엇이 있는지 설명부터 해봐.'

[흠, 하나는 고독(蠱毒)일세.]

'고독?'

[일종의 기생충이라 할 수 있네. 사람의 몸에 심음으로써 여러 효과를 볼 수 있지. 내공을 빨아먹는다거나, 의지를 통제하거나 하는 식으로 말일세.]

'일종의 세뇌 장치와 비슷한 거군.'

[본좌는 심마고(心魔蠱)라 불리는 고독을 애용했었네. 본좌의 내공을 정제하여 만들어낸 살아 있는 독덩어리지.]

'효과가 어떻게 되는데?'

[본좌가 내공을 발현할 경우 심마고가 심어진 숙주는 모든 이지를 상실하게 되네. 본좌의 명령만 따르는 허수아비가 되는 것이지.]

지금의 적시운이 필요로 하는 능력.

'그거, 어떻게 해야 쓸 수 있는데?'

[흠, 아무래도 당장은 힘들 것 같군. 천룡혈독공이 어느 정도 완성되어야 시도나마 해볼 수 있을 것이야.]

'결국 그림의 떡이란 거잖아.'

[그렇다네. 자네가 설명해 달라 했으니 한 것뿐이지.]

'좋아. 그럼 나머지 둘은?'

[다른 하나는 단순하네. 천마로서의 위엄과 권위를 보여 수하들의 진실 된 복종을 끌어내는 것이지.]

'장난쳐?'

[장난이 아닐세. 설마 본좌가 십만이 넘는 교도의 몸속에 일일이 고독을 심어두었을 것 같나? 그들은 고독이나 다른 요인에 의해 본좌를 따른 것이 아닐세.]

'결국은 자기 자랑이군.'

적시운은 한숨을 쉬었다.

'그럼 여자한테만 통한다는 나머지 하나는 뭔데?'

[간단하네.]

천마가 빙긋 웃었다. 인자하게까지 느껴지는 미소였다.

[본좌는 천마신공 외에도 수많은 무공과 잡술을 익혔지. 흔히 좌도방문이라 부르는 다양한 수법을 말일세.]

'……설명이 장황한 걸 보니 이것도 제대로 된 건 아닌 것

같은데.'

[섭한 소리 말게. 어쨌든 그중에는 방중술의 묘리 또한 속해 있었지.]

'방중술이라고? 그러니까…….'

[남녀의 합일 말일세.]

'…….'

할 말을 잃은 적시운이 오스카리나를 멍하니 보았다. 지금까지와는 다른 시선에 오스카리나가 의아한 표정을 지었다.

"왜 그래?"

"……아니, 아무것도 아냐."

적시운은 지끈거리는 이마를 손으로 짚었다.

'결국 제대로 된 해결법은 없다는 거잖아.'

[왜 없나? 본좌가 이렇게 상세하게 설명해 줬거늘.]

'허리 잘 놀려서 여자 마음을 취하라는 게 상세한 설명이야?'

[미인계야말로 삼황오제 이래 대륙 역사와 함께해 온 유서 깊은 계교일세. 아마 이쪽 세상이라 하여 다를 것은 없을 테지. 이상적인 이성에게 끌리는 것은 인간의 본성일세. 그리고 본성이란 변하지 않기에 본성인 것이고.]

'…….'

[물론 자네가 고자라면야 본좌로서도 할 말은 없네만.]

'젠장.'

적시운은 표정을 팍 구겼다. 그 서슬에 오스카리나가 흠칫
했다.

'그런 거 아냐.'

[하면 주저할 것도 없지 않나? 자네가 손해 보는 일도 아닌데.]

'……'

[본좌가 보기에도 저 처자는 빼어난 미인이야. 본좌 휘하 십만
교도 중에도 저 정도 미녀는 몇 없었네.]

'백작이 못생겨서 주저하는 게 아냐. 그저……'

적시운은 나직이 한숨을 쉬었다.

'나 혼자 이런 걸 즐긴다는 게 마음에 걸릴 뿐이라고. 지구
반대편의 내 가족들이 어떻게 지내고 있는지 알지도 못하는
마당에 나 혼자 이런 걸 즐긴다는 게 꺼려진다고.'

[정말 놀고 있구먼.]

'뭐라고?'

[자네가 그런 걱정을 하면 상황이 바꿔기라도 한다던가? 자네
의 고뇌와 염원이 천지신명을 감명시켜서 보상이라도 내려질 것
같나? 천만에. 천신은 인간의 삶에 아무런 관심도 보이지 않네.
현실을 바꾸는 건 언제나 인간 본연의 의지일세.]

'……'

[현실에 입각해 말해줌세. 저 처자를 안는 것은 자네의 목표를

달성함에 있어서도 이득이네. 그녀의 마음을 획득할 수 있음은 물론, 천마신공의 수련에 있어서도 유용하게 작용할 테니 말이네.]

'보통은 그 반대 아냐? 번뇌와 쾌락은 무공 수련에 악재가 되게 마련이잖아.'

[대체 어떤 놈팡이가 그딴 헛소리를 지껄이던가?]

'소림의 무승들도 그렇고, 무림맹이란 집단의 인간도 대부분 그러던데.'

[소림뿐만 아니라 백도 놈들은 금칠해 놓은 개똥과 같은 것들일세. 앞에서는 고상한 척, 잘난 척 있는 대로 하면서 뒤에선 그 무엇보다도 구리고 역겨운 냄새를 풀풀 풍기지.]

'……'

[무공의 성향을 떠나 방사는 여러 이로운 효과를 지니고 있네. 정신적, 육체적 안정은 물론이고 집중력 향상에도 도움이 된다네.]

'평소랑 달리 너무 열성적인 것 같은데, 천마.'

[이 모두 자네를 위한 것이니 열을 내는 걸세.]

적시운은 다시금 오스카리나를 힐끔 보았다. 그녀는 이제 호기심 어린 눈으로 적시운을 바라보고 있었다.

[이렇게까지 설명했는데도 못 알아듣는다면 자네는 그야말로 천치에 머저리일세. 아니, 그 이하의 정신적 고자라 할 수 있겠지.]

'……'

[그냥 불알을 떼어버리게. 쓸 일도 없는 물건을 뭣하러 달고 다니나?]

'젠장.'

적시운은 거칠게 머리를 긁었다.

'하면 되잖아, 하면!'

천마가 흐뭇한 미소를 지어 보였다. 장성한 자식을 바라보는 부모의 미소였다.

[힘내게. 본좌가 자네 곁에 있음을 명심하게.]

'……'

한숨을 내쉰 적시운이 오스카리나를 돌아봤다. 그 시선을 느낀 오스카리나가 고개를 끄덕였다.

"좋아. 각오는 되어 있어."

"……뭐가?"

"비록 당신에게 농락당하긴 했지만, 나는 기존의 인류를 넘어선 지성을 지녔어. 당신의 시선과 태도만 봐도 상황을 파악하는 것쯤은 어렵지 않아. 그리고……."

오스카리나는 공손한 태도로 두 눈을 내리깔았다.

"이런 경우에 대개 승리자들이 어떤 식으로 정복욕을 채우는지도 알고 있어."

천마하고 말이라도 맞췄는지 묻고 싶어지는 적시운이었다.

"원래 이렇게 포기가 빠른 성격이야? 조금 전까지만 해도 내게 송곳니를 드러냈었잖아."

"포기가 빠른 게 아니라 계산이 빠른 거야. 게다가……."

오스카리나의 얼굴이 우울해졌다.

"이번 일이 알려지게 되면 제국 내에서 나의 입지는 완전히 무너지게 될 거야."

"입지가 무너진다고?"

"말했잖아. 나를 비롯한 신인류의 아이들은 시범용 프로토타입이라고. 황제는 실험을 위해 우리에게 작위를 내렸어. 다시 말해, 작위에 어울리는 성과를 내지 못한다면 언제든 우리를 내칠 수도 있다는 뜻이야."

"조로아스터가 중앙정부에 보고를 올릴 거란 말이야?"

"보고를 올리지 않더라도 알려질 수밖에 없어. 며칠 내로 정기 회의가 열릴 테니까. 내가 불참한다면 그 이유 또한 바로 밝혀질 테지."

그녀는 완전히 풀 죽은 얼굴로 적시운을 올려다봤다.

"주도권은 당신의 손에 놓였어. 나의 지성으로도 이 상황을 뒤집을 방법은 떠오르지 않아. 그런 마당에 자존심을 내세우는 건 자살행위밖에 되지 않겠지."

"결국 그 계산 때문에 내게 순종한다는 뜻이로군."

"어느 정도는."

"하지만 그런 거라면 사실대로 말하지 않는 편이 낫지 않나? 네 말을 듣고 나니 너를 신뢰하기가 더 어려운데."

"당신은 애초에 누구도 신뢰하지 않잖아."

오스카리나가 단언했다.

"나는 바보가 아냐. 당신이 시타델에 입성한 이후의 행보에 대해선 몇 번이고 분석해 봤어. 그리고 결론을 내렸지. 당신은 지극히 계산적이고 냉정한 남자라고."

"……."

"그런 사람에겐 신뢰니 믿음이니 하는 뜬구름 잡는 소리는 통하지 않아. 반대로 확연히 눈에 보이는 이윤을 제시하는 편이 낫지."

"나와 거래를 하겠다는 말이군."

"그래."

오스카리나는 고개를 끄덕였다.

"나를 백작으로 만드는 것은 내 자신이 아니라고 했었지? 당신 말이 옳아. 백작위가 없는 이상, 나는 아무것도 아냐."

"정기 회의라는 게 그렇게나 중요한 건가?"

"회의 자체는 통상적인 의례일 뿐이야. 중요한 건 무슨 일이 있어도 무단 불참할 수 없다는 점이지."

"적당한 사유를 꾸며낼 수 있는 것 아냐?"

"황제 폐하 앞에서 거짓말 따위는 통하지 않아. 조로아스터가 미치지 않은 이상은 진실을 말할 수밖에 없어."

"그렇게 되면 너는 끝장나고?"

"일개 개인에게 납치당한다는 건 신인류로서 용납할 수 없는 일이니까. 나는 용서받지 못할 거야."

"그래서 내게 거래를 시도해 보겠다는 거군."

적시운은 나직이 혀를 찼다.

"내가 하자고 할 때는 들은 척도 안 하더니."

"……."

지그시 입술을 깨문 오스카리나가 공손한 태도로 말했다.

"변명 따위는 하지 않겠어. 나는 오만했고, 그 오만함으로 인해 당신이란 존재를 오판했어. 그 죗값을 받아내겠다면…… 좋을 대로 해. 나는 패배했어. 그러니 승자의 뜻에 따를 수밖에."

"내가 무엇을 하든 간에 순응하겠다는 건가?"

오스카리나의 어깨가 가늘게 떨렸다. 그러나 그녀는 이윽고 각오를 다진 듯 옷섶을 늘어뜨렸다.

"그래, 뭐든지."

"좋아, 그러면."

적시운은 말했다.

"그 사과부터 일단 먹어."

"……?"

"껍질 깎아놓고 안 먹으니까 변색됐잖아. 뭐, 그렇다고 탈 나는 건 아니니 그냥 먹도록 해."

"어째서……? 굳이 내게 친절을 베풀 필요는 없을 텐데?"

"그렇다고 굳이 모질게 굴 것도 없지."

"나 때문에 화가 나지 않았어? 내 태도가 결코 기분 좋지는 않았을 텐데?"

"솔직히 말해 짜증 났었지. 한 방 꽂아버리고 싶었던 것도 사실이다."

적시운은 어깨를 으쓱했다.

"하지만 이젠 아냐. 하늘 높은 줄 모르던 네 프라이드는 산산이 조각났고, 너는 나를 두려워하게 되었지. 육체적 고통보다도 큰 굴욕감을 느끼고 있을 테고."

"……."

"그 정도면 충분해. 게다가 앞으로 네 협력이 필요하게 될 테니, 이 이상 감정의 골을 만들 필요는 없겠지."

"나를 안으려던 것 아니었어?"

노골적인 질문에 적시운이 혀를 찼다.

"그랬었지. 머저리 소리까지 듣고서 가만히 있어서야 머저리 맞다고 인정하는 꼴밖에 안 될 테니."

"……?"

"하지만 지금은 아냐. 손님 앞에서 그런 짓을 할 수야 없는 거잖아."

"손님이라고?"

초인종이 울렸다.

"내가 돌아오기 전까지 다 먹어둬."

적시운은 자리에서 일어나 방문 밖으로 향했다.

"……."

홀로 남은 오스카리나가 포크를 들었다. 접시 위엔 연갈색으로 변색된 사과가 놓여 있었다. 아직까지도 어깨가 떨리고 있었다. 담담한 척 말하긴 했지만 솔직히 두려웠던 것이 사실이었기에.

적시운의 태도에 약간이지만 가슴이 뭉클했다는 걸 인정하지 않을 수 없었다. 설령 그것이 계산된 친절이라 하더라도.

오스카리나는 사과를 집어 입안에 넣었다. 생각한 것보다 달고 맛있었다.

5

[무르구나, 물러. 진실로 물러 터지기 짝이 없도다.]

'시끄러워.'

[그 정도면 충분하다니. 대체 뭐가 말인가? 상대는 보통 처자가 아니라 이 도시의 지배자일세. 산전수전 다 겪은 그 불여우가 갈

잖은 친절에 혹할 것 같은가?]

　'그쯤은 나도 알아.'

　계단을 내려가 문을 열러 가는 내내 투덕거리는 적시운과 천마였다.

　[정신 바짝 차리게, 후계자여. 자네는 인간의 호의라는 걸 믿고 싶어 하는 모양이지만 세상은 그리 녹록지 않다네.]

　'그런 거 아니라니까.'

　문 앞에 선 적시운이 미간을 구겼다.

　'세상이 잔인하고 차갑다는 것쯤은 나도 알아. 이곳 황무지는 더더욱 그렇다는 것도. 나는 알량한 호의 때문에 친절을 베푼 게 아냐.'

　[그럼 무엇 때문인가?]

　'그 누구에게도 휘둘리지 않겠다는 의지를 보인 것뿐이다. 설령 그게 당신이라 하더라도.'

　적시운은 의식 속의 천마를 노려봤다.

　'저 녀석을 안더라도 내 의지로 할 거다. 댁이 시켜서 하는 게 아니라!'

　[흠.]

　'당신을 만나지 않았다면 난 이곳에서 살아남지 못했겠지. 매카시와 같은 강적을 쓰러뜨리지도 못했을 테고. 그 점은 정말 고맙게 생각하고 있어. 하지만……'

적시운은 진심을 담아 말했다.

'그것이 당신이 나를 마음껏 좌지우지할 수 있다는 뜻은
아냐. 생각하고 움직이는 것은 어디까지나 내 의지로 할 거
다. 설령 그게 실책으로 이어지더라도.'

[본좌는 어디까지나 자네를 위해 조언하는 것이네만.]

'그럴 테지. 고마워. 하지만 조언은 어디까지나 조언일 뿐
이야. 명령이나 지시가 아니라.'

[고집불통이로구먼.]

'아마도 스승을 닮아서 그럴 테지.'

[……!]

천마의 말이 없어졌다. 적시운은 잠시 숨을 돌리고서 문을
열었다. 페이퍼백을 든 헨리에타가 놀란 눈으로 서 있었다.

"왜 그리 놀라?"

"응? 아. 그게, 그러니까……."

"당분간 찾아오지 말라고 했잖아. 혼자서 할 일이 있다고."

적시운의 말에 헨리에타가 토라진 표정을 지었다.

"그 일, 이미 마쳤잖아."

"……."

"이미 소문이 쫙 퍼졌어. 다들 쉬쉬하는 분위기지만 난 알
아. 당신이 한 일이라는 거. 혼자서 스트롱홀드에 쳐들어갔
던 거지?"

"그래."

"용케 도망쳐 나왔네. 뭔가 건진 것은 있고?"

"약간은."

"하긴, 당신 능력이야 내가 누구보다 잘 아니까."

헨리에타는 한 손을 허리에 얹었다.

"그래도 너무 무리하지는 마. 세상엔 혼자 힘만으로는 안 되는 일도 있는 거잖아. 계획 없이 무턱대고 쳐들어갔다가 일을 그르치기라도 하면 어떡해?"

"……."

"다친 곳은 없는 거지?"

"보면 알잖아. 멀쩡해."

"다행이네. 이거 받아."

헨리에타가 페이퍼백을 내밀었다. 안을 들여다보지 않아도 식료품과 생필품이 들어 있다는 것을 알 수 있었다.

"가게 돌아다닐 짬은 없었을 것 아냐? 그래서 좀 준비해 왔어. 아무리 당신이래도 배는 든든히 채우고 다녀야지."

적시운은 페이퍼백을 받아들였다. 고맙다는 말 한마디 없는 게 조금은 섭섭했지만 헨리에타는 내색하지 않았다.

"요리하기 귀찮은데."

적시운이 중얼거렸다. 사람 무안해지게 그런 말을 하느냐고 헨리에타가 쏘아붙이려 할 때였다.

"네가 좀 해주면 안 돼?"

헨리에타의 얼굴이 은은하게 붉어졌다.

"그래도 돼? 바쁜 것 아냐?"

"지금은 아냐. 볼일도 다 봤고."

스트롱홀드에서 뭔가를 가지고 나온 모양이다.

헨리에타는 그렇게 추측했다. 폭발이 있었다는 얘기가 있
으니 어딘가 중요한 곳에 침입했던 모양이고, 도시가 발칵
뒤집어지진 않은 걸 보니 그렇게까지 큰 사고를 치진 않은
모양.

멋대로 결론을 내린 헨리에타가 빙긋 웃었다.

"좋아. 간만에 솜씨 좀 발휘해 봐야겠네."

안으로 들어선 그녀가 부엌으로 향했다. 헨리에타는 찬장
에 걸려 있는 앞치마를 꺼내 둘렀다.

"딱히 가리는 음식은 없지?"

"응, 대신에 양은 좀 넉넉하게 만들어줬으면 좋겠어."

"꽤나 배가 고팠던 모양이네?"

"나는 그렇게까지 고프지 않은데, 그 녀석은 조금 다를 거
거든."

"응? 그 녀석이라니?"

끼이익.

위층의 문이 열리는 소리. 헨리에타는 의아한 얼굴로 계단

위로 올려다봤다. 이내 그녀의 얼굴이 싸늘하게 식었다.

"……."

금발의 미녀였다. 나이는 20대 초반쯤일까. 에스텔과 비슷한 연령대로 보였다. 적갈색으로 그을려 있는 헨리에타와 명백히 대조되는 잡티 하나 없이 깔끔한 피부. 금발 백인 미녀의 정의에 완벽하게 부합하는 여자였다.

"저 여자애는 또 누구야?"

헨리에타의 목소리를 금발 여인도 들었다. 그녀의 얼굴이 딱딱하게 굳었다.

"지금 뭐라고 했지?"

"그쪽은 잠깐 끼어들지 말아줄래? 지금 어른들이 얘기하는 중이거든."

"이 계집은 뭐지? 당신의 몸종인가?"

적시운을 돌아보며 묻는 금발. 계집이란 말에 헨리에타의 표정이 한층 날카로워졌다.

"입버릇이 고약한 걸 보니 어디 졸부집 딸내미라도 되는 모양이지?"

"뭐라고?"

"미안하지만 나는 네가 늘 마주하는 아첨꾼들이랑은 달라. 앞으로는 입조심하는 게 좋을 거야."

금발 여인이 어처구니가 없다는 얼굴로 입을 벙긋거렸다.

금이야 옥이야 길러진 애송이들의 공통된 반응. 헨리에타는 코웃음을 치고서 적시운을 돌아봤다.

"그래서 쟤는 뭔데? 생각 없이 가출한 철없는 아가씨?"

"대충 비슷하기는 한데……."

"스트롱홀드에도 쳐들어가고 여자애도 꼬시느라 어제 하루 동안은 정말 바쁘셨겠어? 그런데 이제는 나더러 쟤 먹을 음식까지 요리하라고?"

적시운은 피식 웃었다. 속사정을 모르는 헨리에타는 야속함에 입술을 실룩거렸다.

"못 해. 아니, 안 해. 나 그냥 돌아갈래. 요리할 거면 당신이 해."

"저 녀석 백작이야."

"백작이든 공작이든 상관 안 하니까 알아서……."

헨리에타의 목소리가 잦아들었다.

"지금 뭐라고 했어?"

"저 녀석이 오스카 백작이라고."

홱 고개를 돌린 헨리에타에게 오스카리나가 싸늘히 웃었다.

"철없는 가출녀라 미안하게 됐군. 엄밀히 말하자면 납치당한 거지만 말이야."

"……."

"케르베로스 길드의 전 공대장인 헨리에타 테일러, 맞지?

적시운만큼은 아니지만 너에 대해서도 조사해 두었었지."

"……."

"뭐라고 말 좀 해보지그래? 조금 전까지만 해도 기세 좋게 떠들어 댔었잖아?"

헨리에타는 한동안 그 자세 그대로 얼어붙어 있었다.

움찔.

조로아스터는 따끔한 느낌에 손을 치웠다. 그가 버릇처럼 물어뜯던 손가락 끝에 핏방울이 아롱져 있었다.

"빌어먹을……!"

바로 옆에 놓인 손거울로 시선이 향했다. 면도하지 않아 시퍼레진 턱과 입가, 헝클어진 머리칼의 수척한 중년인이 그곳에 있었다.

수색 시작 24시간째. 여전히 오스카리나 백작의 흔적조차 찾을 수 없었다.

그리고 정기 회의는 이틀 뒤. 만약 그때까지 그녀를 찾아내지 못할 경우, 모든 것을 털어놓아야만 하는 순간이 올 것이다.

통신으로 이루어지는 회의라 해서 우습게 볼 수는 없었다.

회의를 주관하는 이는 가우스 대공, 그는 황제의 오른팔이었으니까.

거짓말이나 변명을 늘어놓는 짓은 자살행위였다. 가우스 대공을 속여 넘긴다는 것은 불가능한 일이었기에.

거짓임이 판명 날 경우 죽음을 피할 수 없을 터였다. 그리고 일의 전말을 사실대로 설명한다고 쳐도 마찬가지. 백작을 제대로 보필하지 못한 중죄는 어찌할 길이 없었다.

남은 길은 하나뿐. 회의가 열리기 전까지 백작을 찾아내는 것이었다.

'그러지 못하면 내가 죽는다!'

자리에서 벌떡 일어난 조로아스터가 걸음을 옮겼다. 지난 24시간 동안 족히 수십 번을 들락거린 방을 향해서.

방 앞을 지키던 병사가 조로아스터를 알아보고는 고개를 숙였다. 이윽고 철문이 열리자 비릿한 피 냄새가 코를 찔렀다.

"아직도 정보를 불 생각이 들지 않은 건가?"

수갑에 구속된 실피드가 그곳에 있었다. 수갑은 천장에 연결된 쇠사슬에 고정된 상태. 양팔은 위쪽으로 들렸고 발끝은 허공에 대롱거렸다. 그 아래로는 자그만 피 웅덩이가 만들어져 있었다.

죽지는 않았다. 다만 그뿐. 이능력을 봉쇄당한 그녀는 고문 앞에 무력했다.

"나는……."

가까스로 입을 연 실피드가 말했다.

"아무것도 모릅니다."

짜악!

그녀의 몸이 좌우로 흔들렸다. 벌어진 입가로 핏물이 주르
륵 흘렀다.

"사무국장님."

방구석에 앉아 있던 고문 기술자가 난색을 표했다.

"더 이상 손을 대시면 수석 요원의 목숨이 위태롭습니다."

"죽을 테면 죽으라지. 어차피 내겐 반역자에 대한 즉결 처
분 권한이 있다."

"그녀가 죽으면 정보 수집에 난항이 생기지 않겠습니까."

"……."

조로아스터가 이를 갈고서 손을 내렸다.

"약물 처리를 하면 되지 않나? 당장 뒈지지만 않으면 되
는데."

"이미 해두었습니다. 그렇기에 아직 숨을 유지하고 있는
겁니다. 다만 이 이상 고문을 했다가는……."

"빌어먹을."

조로아스터는 실피드의 머리채를 움켜쥐고서 그녀의 고개
를 젖혔다.

"다시 한번 묻는다. 적시운 그놈이 어디로 갔는지 알아낼 방법이 있을 것이다. 네년이라면 짐작 가는 바가 있을 테지?"

고문 기술자는 미간을 찌푸렸다. 이 정도까지 고문을 했는데도 부정한다는 건 정말 모르기 때문일 것이기에.

하지만 그의 생각은 틀렸다. 실피드는 적시운과 내통은커녕 접촉해 본 적도 없었지만, 그를 찾아낼 실마리가 있다는 것은 알고 있었다. 다만 조로아스터에게 말하지 않았을 뿐.

전임 수석 요원인 매카시는 숱한 이야깃거리를 만든 인물이었다. 본디 하층민 출신이었으며 한때는 암흑가를 주름잡았던 만큼, 특무부에 스카우트되기 이전부터 다양한 인물들을 만나왔다. 조로아스터나 다른 상관들도 모르는 자신만의 인맥을 갖추고 있었던 것이다.

실피드는 그가 남긴 메모와 기록 등을 통해 그 사실을 알아냈다. 수많은 인맥 중에서도 유독 돋보이는 인물 또한.

'작센 번스타인……..'

시타델 최고의 장물아비. 동시에 매카시와도 오랫동안 알아온 인물.

조로아스터가 그에게까지 생각이 미치지 않는 이유는 간단했다. 해마다 작센이 뇌물로 쓰는 돈만 천문학적 액수였기 때문이다.

매카시 또한 작센에 대해선 일언반구도 꺼낸 적이 없었다.

그것이 우정 때문이라고 보기는 어려웠지만.

그리고 매카시는 적시운과 대립각을 세우기 전에 수차례 작센을 만났었다. 조로아스터에겐 한마디도 보고하지 않고서.

'작센을 찾아가면 그 남자를 찾을 수 있을 것이다.'

그것을 알면서도 실피드는 입을 열지 않았다. 의리나 신의 때문은 아니었다. 애초에 그녀는 적시운은 물론이고 작센과도 아는 사이가 아니었으니.

정보를 말하면 그녀의 이용 가치도 끝. 죽음만이 그녀를 기다릴 것이다.

그저 그 사실을 알기에 침묵할 따름이었다. 정보를 말하지 않는 이상은, 어쨌든 죽지는 않을 것이기에. 죽을 만큼 괴롭기는 하겠지만.

"젠장."

조로아스터가 머리채를 내려놓았다.

"죽지 않게 해라. 정보를 불 때까지 이년이 죽어선 안 된다."

"예, 사무국장님."

조로아스터가 고문실 밖으로 나왔을 때, 요원 중 한 사람이 다가왔다.

"손님이 찾아왔습니다."

조로아스터의 눈에 이채가 스쳤다.

"적시운인가?"

"아닙니다. 그게……."

요원의 얼굴에 떠오른 감정은 공포였다.

"아킬레스 님이 찾아오셨습니다."

"……!"

조로아스터의 얼굴이 하얗게 질렸다.

아킬레스 프레스터.

펜타그레이드의 일원이었다.

6

"……."

"……."

"……."

"어, 음……."

"해라."

"네?"

오스카리나는 팔짱을 낀 채 헨리에타를 응시했다.

"하고 싶은 말이 있는 것 아닌가? 하지만 말하기엔 너무나 겁이 나서 주저하고 있는 것이겠지. 안 그래?"

"그게……."

그렇기는 했다. 헨리에타는 풀 죽은 얼굴로 고개를 숙였다. 어찌 알았겠는가. 적시운이 데려온 성깔 더러워 보이는 여자가 시타델의 지배자일 줄을.

게다가 이 모든 일의 원흉은 갑자기 할 일이 있다며 방에 들어가 버렸다. 방해하지 말란 말까지 남겨두고서.

'나는 어떻게 하라고!'

속으로 원망해 봐야 돌아오는 것은 없다. 그저 식은땀만 뻘뻘 흘릴 뿐.

"맛은 제법 괜찮더군."

"네?"

반사적으로 반문하며 고개를 드니 오스카리나는 창밖을 응시하고 있었다.

"네가 만든 샐러드, 제법 괜찮았어. 일상적으로 먹는 음식들에 비할 바는 아니지만."

"그, 그런가요?"

"그래, 이 오스카리나가 다 먹었을 정도니까."

헨리에타는 내심 쓴웃음을 지었다. 보아하니 상당히 배가 고팠던 모양인데, 그런 상황에선 뭘 먹여도 목구멍으로 술술 넘어갔을 것이었다.

'그래도 백작의 마음이 풀어진 것은 다행……'

"하지만."

생각하기가 무섭게 떨어지는 한마디.

"그것으로 내게 보인 무례를 모두 용서받을 수 있으리라 생각하진 마라."

"……"

"지금은 이런 꼴이지만 나는 시타델의 지배자다. 비록 아무것도 몰랐다지만 그런 내게 결례를 범한 것을 그냥 넘길 수는 없다."

"죄송합니다. 부디 무례를 용서해 주시길."

"말 한마디로 모든 걸 갈음할 수 있다면 세상에 징계와 형벌이 존재하지도 않을 테지."

"아량을 베풀어주실 수는 없을까요?"

"지배자는 모름지기 냉혹해야 해. 그렇지 않으면……"

꼬르륵.

귀머거리라도 들을 수 있을 법한 소리. 오스카리나와 헨리에타의 시선이 같은 곳으로 향했다. 백작의 배였다.

"……"

여전히 무표정한 백작의 얼굴이었지만, 두 뺨이 눈에 띄게 상기되어 있음을 헨리에타는 알 수 있었다.

하기야 그녀가 먹은 것은 약간의 샐러드가 전부. 원래는 샌드위치를 만들려고 했는데, 귀족 입맛에 맞지 않을까 봐 부랴부랴 바꾼 게 샐러드였다.

성인 여성이라 해도 배가 완전히 찰 수준은 아닐 터.

오히려 한나절 넘게 굶었다면 샐러드가 식욕을 돋우기만 했을 가능성도 있었다. 그게 아니면 그저 식탐이 좋은 것이거나.

"저……"

"……"

"다른 음식이라도 좀 더 만들어 드릴까요?"

오스카리나가 천천히 고개를 들었다. 그녀는 또다시 창밖을 응시했다.

'왜 자꾸 밖을 보나 했더니…….'

그냥 부끄러운 모양이었다.

"만들어 보도록."

지금까지와 달리 약간 자그만 목소리. 헨리에타는 내심 실소를 지었다.

"그럼 조금만 기다려 주시길."

"그러지."

상기된 뺨이 약간은 진정되었는지 오스카리나가 다시 고개를 돌렸다. 그녀의 시선이 이내 적시운이 들어간 방 쪽으로 향했다.

"한데 적시운은 뭘 하고 있는 거지?"

"그건……"

헨리에타의 시선 또한 같은 쪽으로 이동했다.

"저도 잘 모르겠어요."

'첫 번째 방법을 택해야겠어.'

적시운은 천마를 향해 말했다.

'백작의 몸속에 고독을 집어넣을 거다.'

[본좌가 말하지 않았던가? 심마고는 지금의 자네에겐 무리라고. 자네의 천룡혈독공은 이제 겨우 걸음마를 뗀 수준에 불과하네. 그 상태로 심마고를 만들려다간 오히려 자네가 주화입마에 빠질 수도 있어.]

'그럼 안 만들면 되지.'

[……?]

'만들 수 있는 고독이 그거 하나뿐은 아닐 것 아냐. 효과가 더 낮긴 해도 지금 만들 수 있는 고독 역시 존재하긴 할 텐데?'

[흐음.]

'당신에게서 전달받은 기억이 정확하다면 그런 게 하나 있긴 하잖아.'

[폐혈고(廢血蟲) 말이로군.]

'그거라면 지금의 내 수준으로도 만드는 데 문제가 없을

테지?'

[그렇긴 하네만······.]

천마가 말끝을 흐렸다. 그럴 수밖에 없는 게 폐혈고는 천룡혈독공의 고독 중에서도 기초 단계에 불과했던 것이다.

[엄밀히 말하자면 폐혈고는 시범작에 불과하네. 검법으로 치면 삼재검, 신법으로 치면 나려타곤 같은 거란 말일세.]

'싸구려면 어때. 쓸모만 있으면 되지.'

[으음.]

폐혈고의 효과는 단순하다. 시전자의 내공에 반응하여 숙주의 혈관을 압박, 혈액순환을 방해하는 것이다. 별것 아닌 것처럼 보일지라도 효과 자체는 나쁘지 않았다. 가볍게는 저림 증상에서 무겁게는 협착증이나 뇌경색, 심근경색 등의 증상까지 유발할 수 있는 까닭이다.

물론 그 이상 가는 갖가지 증세를 유발하는 여타 고독들에 비하면 수수한 편이긴 했다. 무엇보다도 큰 단점이 있기도 했고.

[폐혈고는 이름 그대로 혈관에 작용하는 고독이기에 간단한 운기조식만으로도 파훼될 가능성이 높네. 사실상 몇 수 아래의 하수라 해도 소거할 방안이 있다는 뜻이지.]

'그리고 이 세계엔 운기조식은커녕 내기를 다스릴 줄 아는 인간 하나 존재하지 않지.'

적시운은 담담히 말했다.

'나 빼고는.'

[그건…… 그렇군.]

'다시 말해 당신이 말하는 단점들은 이 세계에선 성립하지 않아.'

[확실히 그렇군. 자네의 말이 옳아.]

단점은 사라지고 장점만 남는다. 그 경우 폐혈고는 무시무시한 무기로 탈바꿈하게 된다. 경우에 따라선 그 어떤 천마신공의 초식보다도 유용한 무기로 말이다.

[그럼 결정됐구먼.]

'그래, 폐혈고를 백작의 몸에 심겠어. 그러려면 우선 만드는 방법부터 익혀야겠지.'

[그건 어려울 것 없지. 모든 지식은 자네의 머릿속에 있으니 그저 기억의 심연에서 꺼내오기만 하면 된다네.]

'나도 알아.'

적시운은 눈을 감고 명상에 들어섰다.

천마신공의 정보량은 어마어마한 수준. 그 모두를 완벽하게 암기한다는 것은 사실상 불가능하다. 때문에 천마는 한 가지 안배를 해두었다. 천마신공에 대한 정보를 의식과 무의식의 경계에 두어 필요할 때만 꺼내어 볼 수 있도록.

적시운의 머릿속에 일종의 도서관을 만들어 둔 것이다. 그리고 그 도서관을 방문하는 가장 빠르고도 확실한 방법이 명상이었다.

"……."

적시운은 빠른 속도로 폐혈고의 정보를 습득해 나갔다.

적시운이 밖으로 나왔을 때 오스카리나는 막 식사를 마친 뒤였다.

"그렇게 먹고 또 먹어? 식탐 한번 장난 아니네."

적시운의 말에 오스카리나가 얼굴을 붉혔다.

"신인류는 모든 면에서 기존의 인간보다 우월하다. 때문에 소모 에너지량 또한 더 많다. 자연히 식사량도 더 많을 수밖에 없어."

"그 말은 곧 이능력자에 비해 나을 게 없다는 소리잖아. 결국 식량만 더 축내는 육체 강화 능력자라는 건데."

"다, 다르다. 엄밀히 말해 이능력자는 ADL과 블랙 링의 영향으로 만들어진 이종족이야. 신인류는 순수하게 인간의 연구와 노력으로만 만들어낸 성과물이고."

"ADL?"

"아포칼립틱 데몬 로드, 마수들의 제왕 말이다."

"아, 천마 말이군."

적시운은 어깨를 으쓱했다.

"어쨌든 할 일이 있어. 잠깐 나 좀 봐야겠다."

"할 일?"

"그래, 아까 못했던 걸 마저 끝내야지."

오스카리나가 주춤했다.

"······여기서 말인가?"

"그래, 뭐 문제라도 있어?"

오스카리나의 시선이 헨리에타에게로 향했다. 눈치 빠른 헨리에타가 고개를 끄덕였다.

"그럼 난 이만······."

"굳이 안 가도 돼. 본다고 해서 뭐 문제 생길 것도 없고."

"내가 보기 민망해서 그래."

"내가 뭘 할 줄 알고?"

헨리에타가 얼굴을 살짝 붉혔다.

"그렇고 그런 짓?"

"전혀 아냐. 내가 무슨 그 인간도 아니고."

"그 인간?"

"그런 게 있어. 몇만 명쯤 되는 여자랑 놀아났다고 자랑해 대는 난봉꾼이."

[으음.]

머릿속의 천마가 불편한 침음을 뱉었다.

[본좌는 그런 말을 한 적이 없네만.]

'했잖아. 십만 명의 교도가 어쩌고저쩌고.'

[그거야 말이 그렇다는 거지. 본좌가 색정마도 아니고 일일이 여교도들을 취했겠는가?]

'어쨌거나.'

천마의 항의를 가볍게 일축한 적시운이 오스카리나를 돌아봤다.

"등 좀 대봐."

"등이라고?"

"그래."

오스카리나가 의자를 돌려 등을 보였다. 이내 그녀가 조심스러운 어조로 물었다.

"상의도 벗어야 하나?"

"두꺼운 옷이라면 벗어야 했겠지만, 지금 정도라면 문제없겠지. 벗지 않아도 돼."

"뭘 할 것인지 물어봐도 되겠나?"

적시운은 잠시 침묵했다. 뭐라고 설명해야 할지 애매했기에.

"일종의…… 마이크로봇(Microbot)이라고 하면 되겠군."

"마이크로봇이라고?"

"그래, 자그마한 유사 생명체가 네 몸속에 들어갈 거다. 그다음은 뭐, 설명하지 않아도 알겠지? 내게 복종하지 않거나 내가 바랄 경우에 작동하게 되겠지."

"거짓말!"

오스카리나가 놀란 눈으로 고개를 돌렸다.

"그건 말도 안 되는 소리다. 북미 제국의 나노 테크놀로지도 그 정도까지 발전하지는 않았어."

"말이 되는지 안 되는지는 확인해 보면 될 것 아냐?"

"자, 잠깐."

적시운은 오스카리나의 말을 묵살하고서 그녀의 등허리에 손바닥을 댔다. 대화를 나눌 때부터 단전으로부터 솟아 나온 채 체내를 순환하던 내력이 적시운의 오른팔로 모여들었다.

손바닥 중앙에 응집되는 흑색의 기운.

헨리에타는 오스카리나의 몸속으로 스며드는 거무스름한 덩어리를 똑똑히 볼 수 있었다.

"으윽……!"

오스카리나가 나직이 신음했다. 온몸이 열병에 걸린 것처럼 끓어올랐다. 몸부림을 치고 싶었지만 거짓말처럼 손끝 하나 움직일 수가 없었다.

그 와중, 소름 끼치도록 차가운 덩어리 하나가 심장을 향해 움직이는 것이 느껴졌다. 큼직한 벌레 한 마리가 몸속을 헤집는 듯한 느낌.

오스카리나는 땀을 뻘뻘 흘리면서도 오한에 몸을 떨었다. 벌레는 심장 안에 자리를 잡더니 이내 녹아내리듯 사라졌다. 그와 함께 적시운이 그녀의 등에서 손을 떼었다.

"허억!"

반사적으로 허리를 굽힌 오스카리나가 한동안 헐떡였다. 호흡이 너무 가쁜 까닭인지 눈물 콧물이 절로 나왔다.

"내게, 나에게……."

겨우 고개를 든 그녀가 적시운을 노려봤다.

"대체 무슨 짓을 한 거야?"

"설명했잖아."

"내 몸에 마이크로봇을 심었다고? 그게 네 의지에 의해 작동한다고?"

"그래."

적시운은 가볍게 내공을 운용했다. 오스카리나는 녹아내린 기운이 재차 몸속에서 꿈틀대는 걸 느끼며 경악했다.

"아……!"

심장이 얼음처럼 시린 가운데 팔 끝과 다리 끝이 저려왔다. 마치 자신의 몸이 아닌 것처럼.

오스카리나는 창백해진 얼굴로 몸을 쪼그렸다.

"너라면 이 정도로도 충분히 이해할 수 있겠지."

적시운이 기운을 거두자 심장 속의 시린 기운이 사라졌다. 팔다리의 혈액이 순환되며 감전된 듯한 느낌이 들었다.

"이건 가볍게 작동시킨 경우야. 최대치로 작동시킨 경우가 어떨지는 상상에 맡기지."

"⋯⋯."

"돌아가서 검사를 실시해 보면 알겠지만 이걸 없애는 건 현대 기술로는 불가능해. 나밖에 할 수 없다는 소리지."

적시운은 차분하지만 분명한 어조로 말했다.

"이제 네 목숨의 주인은 나라는 뜻이다."

7

'내⋯⋯ 목숨의 주인.'

오스카리나는 반사적으로 왼쪽 가슴을 움켜쥐었다.

이 정도의 아득함과 무력감을 느껴본 게 얼마 만일까. 아마도 황제를 대면했던 그날 이래 처음일 터였다.

잠시 잊었던 공포가 다시 찾아왔다. 그녀는 겁먹은 얼굴로 적시운을 바라봤다.

"나는 당신에게 거역할 수 없다는 소리군."

"시도는 할 수 있겠지. 목숨 아까운 줄 모른다면."

"내 목숨 아까운 줄은 충분히 알아."

오스카리나는 나직이 한숨을 뱉었다.

"어쨌든…… 이렇게까지 하는 이유가 있을 테지? 나는 아직 당신의 목적에 대해 듣지 못했어."

"그래."

적시운 또한 가볍게 한숨을 쉬었다.

"이걸로 몇 번째 말하는 건지는 모르겠지만……."

적시운은 자신의 목적에 대해 설명했다. 최대한 간략히. 상대의 가치 판단이 작용할 여지가 없게끔 요점만을.

"당신 정말로……."

모든 이야기를 듣고 난 오스카리나가 한마디를 뱉었다.

"미쳤군."

예상했던 반응인지라 적시운은 화를 내지 않았다. 오히려 잘됐다는 생각도 들었다.

"설명 좀 해줬으면 좋겠는데. 왜 미쳤다고 하는 거지?"

"진심으로 묻는 거야?"

"진심이다."

장난기 없는 태도에 오스카리나는 주춤했다. 이윽고 그녀는 약간 자신감이 결여된 어조로 말했다.

"바다는…… 마수들의 영역이니까."

"그건 이유가 되지 못해. 단순히 마수들이 위험하다는 이유만으로 국가 전체를 봉쇄한다고?"

"별 차이는 없지 않아? 황제 폐하의 쇄국령이 없다고 해도 대해를 건너갈 수는 없어. 절반도 채 건너기 전에 수장되고 말걸. 배를 탔건 비행선을 탔건 간에."

"그건 해보기 전에는 모르는 일이지."

"……정말로 대해를 건너갈 생각이야?"

"그래, 무슨 일이 있어도."

오스카리나는 복잡한 심경 속에서 적시운을 바라봤다.

"그나저나 한국에 대해선 알고 있어?"

적시운의 질문에 오스카리나는 고개를 끄덕였다.

"약간은. 김은혜가 지나가는 투로 몇 번 언급한 적이 있어."

"보아하니 정부 측에선 북미 제국만이 지구상의 유일한 국가라고 세뇌시키는 모양이던데."

"그래, 그 말을 믿는 사람은 그리 많지 않지만 말이지."

적시운은 에스텔을 떠올리며 쓴웃음을 지었다.

"나는 대한민국이란 국가에 대해 그리 많이 알지는 못해. 사실 김은혜도 그랬지. 그쪽 혈통을 타고났을 뿐 태어나고 자란 곳은 여기니까."

"김은혜의 무리를 쫓아낸 이유는?"

"쫓아낸 게 아냐."

오스카리나의 미간이 절로 구겨졌다.

"스스로 날 버리고 떠난 거지."

"널 버렸다고?"

"그녀는 제국 최고의 연구원 중 하나야. 그 이전에 내게 있어선……."

"부모 같은 존재라는 건가?"

"그래, 비유적인 의미에 지나지 않지만."

오스카리나는 무거운 한숨을 토했다.

"당신은 내가 어마어마한 악녀라고 생각했겠지. 어느 정도는 사실일지 몰라. 저 25만 명의 하층민과 5만 명의 시민 간의 차이는 거의 없다시피 하니까."

그녀의 얼굴이 일그러졌다.

"하지만 그렇다고 해서 저들 모두에게 시민들과 같은 삶을 제공할 순 없어. 좋고 싫고를 떠나 시타델의 여력으로는 불가능한 일이라고."

"이곳의 수용 한도는 5만 명이라는 건가?"

"정확히는 7만 명. 만약을 대비한 여분을 감안한다면 현재의 숫자가 정확해. 그 이상을 들였다간 도시가 감당할 수 없게 돼."

적시운 또한 어느 정도는 그녀의 말을 이해할 수 있었다. 수용 한도를 넘어선 인구가 들어섰을 때, 도시가 어떻게 변하는지를 잘 알고 있었기 때문이다.

'남수원 지하 도시가 그랬지.'

지하 도시가 활성화된 초창기의 일이었다. 냉혹하리만치 분명하게 수용 한도를 지킨 다른 도시들과 달리 남수원 지하 도시는 한도 이상의 인구를 받아들였다.

인도적 차원에서의 한도를 넘어선 추가 수용. 그 결과 남수원 지하 도시는 1년 만에 초토화되었다.

한정된 자원을 보다 많은 이에게 돌리다 보니 개개인이 받게 되는 양이 줄어들었고 이는 사회 구성원 간의 갈등으로 발전했다.

그 과정에서 기존 시민과 추가 수용 인구 간의 계층 갈등도 심화되었다. 무력 충돌이 발생했고 이를 진화하는 과정에서도 마찰과 갈등이 지속됐다. 마수들과 싸우기도 전에 도시 전체가 내분에 빠진 것이다.

외부적 상황 역시 악화일로로 치달았다. 추가 수용 소식을 접한 이들이 남수원 지하 도시 앞으로 몰려들었던 것이다.

내부의 갈등, 외부의 압박.

지하 도시는 안팎으로부터 서서히 분열되었다.

마수들이 한 일은 그저 곳곳에 균열이 생겨난 성벽을 가볍게 두드리는 것뿐이었다.

도시는 삽시간에 무너졌다. 시민들은 계층에 관계없이 사이좋게 학살당했다. 이후 다른 도시들의 인구 수용 정책은 한층 엄격해졌다.

"이곳 또한 마찬가지라는 거군."

"응? 마찬가지라니?"

"지나친 인구 수용으로 망해버린 도시를 하나 알고 있거든."

오스카리나의 얼굴에 의문이 스쳤다. 그녀가 알기로 북미 제국의 인구 수용 정책은 지금껏 한 번도 어겨지거나 깨진 적이 없었던 것이다.

그렇다면 정답은 하나. 적시운은 지금 다른 나라의 이야기를 하고 있었다.

'아마도 한국의⋯⋯?'

오스카리나는 고개를 휘휘 저었다. 논리적인 귀결은 역시 하나뿐. 적시운이 한국에서 이곳까지 왔다는 것이었다. 그게 사실이라면 거꾸로 이곳에서 한국으로 돌아가는 것 또한 가능할지 모른다.

'그게 정녕 가능하다면 말이지.'

그녀로선 역시 쉽사리 믿을 수만은 없는 일이었다.

"어쨌든⋯⋯ 내 목에 칼이 들어와도 그 정책은 바꿀 수 없어. 단순히 내 사사로운 이익 때문이 아니라 시타델 자체를 위한 길이기도 하니까."

"김은혜도 그 사실을 알았겠군."

"그래. 그럼에도 그녀는 레지스탕스를 배후에서 지원했지. 나와 적이 되리라는 걸 알면서도."

"흠."

"지금과 같은 상황이라면 하루에도 수십 명씩 하층민이 죽어 나가겠지. 하지만 그들 모두를 수용하게 된다면? 하루아침에 수십만이 몰살당하게 될 거야."

오스카리나는 각오 어린 태도로 말을 이었다.

"그렇기에 시타델의 정책은 바꿀 수 없어."

"다수를 죽여서라도 소수는 살려야겠다는 건가?"

"그래, 설령 나를 죽인다고 하더라도 내 대답은 변하지 않아."

"흠."

적시운은 별다른 반응을 보이지 않았다. 어차피 이런 식의 갈등 관계에 있어 완벽한 해답은 존재하지 않는다는 걸 알기 때문이었다.

애초에 적시운이 관여할 바가 아니기도 했고, 관여할 마음이 있는 것도 아니었으니.

"그 정도면 됐어. 궁금증은 대강 풀렸으니."

"도시를 해방시키라거나 하층민들을 들이라고는 명령하지 않는 거야?"

"내가 왜?"

"그야……."

오스카리나가 자신감 없는 태도로 말했다.

"당신 같은 부류는 보통 그렇잖아."

"나 같은 부류가 뭐 어떻다는 건데?"

"인간은 모두가 평등하며 계급 간의 압제나 제약은 사라져야 한다고 생각하지 않아? 그래서 이곳 하층민들을 해방시켜야겠다고 생각한 것 아니냐고."

"딱히……."

"그럼 레지스탕스와 손잡은 건 뭔데?"

"그쪽에서 일방적으로 끼어든 것뿐이야. 딱히 내가 빚진 것도 없고 해줘야 할 일도 없어."

"하지만…… 김은혜는……?"

"그 여자한테 부탁받은 건 조로아스터와 접촉해 달라는 것뿐이었어. 그 외에는 딱히 내가 얽힐 만한 일은 없지."

"……."

오스카리나가 멍하니 쳐다보자 적시운이 혀를 찼다.

"말했잖아. 내 목적은 어디까지나 집으로 돌아가는 거라고."

"집…… 한국 말이야?"

"그래."

"그럼 정말로 거기서 여기까지 왔어?"

"그렇다니까. 설명하기는 좀 복잡하지만."

"……."

오스카리나가 헨리에타 쪽으로 시선을 던졌다. 이게 모두 정말이냐는 뜻. 헨리에타는 고개를 살짝 끄덕였다. 기실 그녀 또한 적시운의 모든 것을 안다고 하기엔 턱없이 부족했지만 말이다.

"그렇다고 해도 쉬운 길은 아니겠지."

적시운이 말했다.

"황제가 쇄국령을 강하게 고수하고 있는 것이 사실이라면 결국 황제와의 충돌은 불가피하다는 소리니까."

"……그 경우에 나는, 당신을 도와야겠군."

"그래, 상황에 따라 황제의 목에 칼을 들이밀어야 할지도 모른다. 할 수 있겠어?"

"내가 들이미는 칼날 따위."

오스카리나는 적시운의 눈을 똑바로 응시했다.

"황제에겐, 라자루스 1세라 불리는 남자에겐 씨알도 먹히지 않을 거야. 그렇더라도 괜찮겠어?"

"상관없어. 어차피 제국의 황제쯤 되는 작자가 쉬운 상대일 거라고는 생각하지 않으니까."

"어차피……."

오스카리나는 적시운의 시선을 피해 눈을 내리깔았다.

"나로서는 선택의 여지가 없잖아."

"긍정의 의미로 해석해도 되겠지?"

"그래, 하지만 괜찮겠어? 내가 여기서만 항복하는 척하고 뒤에선 무슨 짓을 할지 모르는데."

"문제없어. 그랬다간 어떻게 될지는."

적시운은 피식 웃었다.

"나보다도 네 심장이 잘 알 테니까."

"……."

반박의 여지가 없는 말이었다.

적시운은 오스카리나와 함께 행정 구역으로 향했다. 딱히 위장을 하지 않았는데도 두 사람을 유별나게 바라보는 시선은 딱히 없었다.

'이상해.'

오스카리나는 생각했다.

'왜 아무도 우릴 쳐다보지 않지?'

그녀야 대외적으로 거의 알려지지 않았으니 그럴 만도 했다. 눈 돌아갈 수준의 미녀이긴 했지만, 눈 부릅뜨고 주시할 정도까지는 아니었으니까.

하지만 적시운은 달랐다. 동양인 남성이란 사실 하나만으로도 요주의 대상이거늘, 그를 힐끔 쳐다보는 사람 하나 없었다.

"믿기지 않은 모양이네."

적시운의 목소리에 오스카리나가 움찔했다.

"무슨 수라도 쓴 거야?"

무혼흡과 설매경의 조합. 두 가지가 합쳐지면 눈앞에 있어도 알아보지 못하는 경지에 능히 다다를 수 있었다.

"쓰지 않았다면 여기까지 올 수도 없었겠지. 네 부하들이 어지간히 오합지졸이 아닌 바에는."

두 사람은 걸음을 멈췄다. 스트롱홀드는 이제 한 블록 앞까지 다가와 있었다.

"……정말 괜찮겠어?"

"또 뭐가?"

"나를 이대로 그냥 보내줘도 괜찮겠냐고."

"가까운 시일 내에 돌아가지 않으면 난리가 난다고 했던 건 너잖아."

"하지만 이렇게 간단히 돌려보내면……."

"벌써부터 내 걱정을 다 해주는 건가?"

오스카리나의 얼굴이 살짝 붉어졌다.

"그럴 리 없잖아. 나는 엄연히 당신에게 목숨을 위협받고 있는 처지인데."

"그건 알고 있다니 다행이군. 그러니 앞으로 잘해보자고."

"이제는 뭘 어떻게 할 생각인데?"

"우선은 돌아가서 도시부터 안정화시켜. 나에 대한 모든 종류의 수배와 감시도 풀고."

적시운은 그녀를 살짝 떠밀었다.

"그 후엔 내 지시를 기다려."

오스카리나가 몇 걸음을 옮겼다. 하지만 그대로 돌아가지는 않고서 몸을 돌렸다.

"아."

그녀의 시선을 받은 적시운이 말했다.

"그러고 보니 아티팩트들을 돌려주지 않았군. 그것 때문에 그러지?"

"그, 그럴 리 없잖아."

"그럼 됐군. 또 보자고."

"……흥."

오스카리나는 홱 몸을 돌려 걸어갔다. 뭔가 시원하게 끝맺음 되지 않았다는 느낌을 지우지 못하고서.

[자네가 의도한 바대로 되었군.]

천마의 속삭임에 적시운은 어깨를 으쓱했다.

'일단은.'

to be continued

지갑송 퓨전 판타지 장편소설

레벨 업하는 몬스터

[특성개화 100% 완료]

시스템 활성화
특성 개화로 인하여 종족 변경:
인간 ➡ 몬스터

인간과 몬스터가 공존하는 현대.
갑작스런 특성의 개화.
기사도 사냥꾼도 아닌 몬스터로 종족이 변했다!
더 이상 인간으로 생활이 불가능한 상황!

"도대체 뭘 어떻게 하면 되냐고!"

처절하게 레벨을 올려야
사람으로 살 수 있다!